スープ屋しずくの謎解き朝ごはん
お茶会の秘密と
二人だけのクラムチャウダー

友井 羊

宝島社文庫

目次

第一話
ダイヤモンドは消えない
7

第二話
あなたにトムカーガイを
65

第三話
ビル清掃は誘惑だらけ
119

第四話
禁酒運転の証明方法
175

スープ屋しずくの謎解き朝ごはん
お茶会の秘密と二人だけのクラムチャウダー

第一話

ダイヤモンドは消えない

1

窓から注ぐ柔らかな光が、綺麗《きれい》に磨かれた店の床を照らしている。時刻は朝の七時過ぎ、会社や学校など世間はこれから本格的に動き出す。

理恵《りえ》はカウンターに座り、料理が来るのを待っていた。

普段は都内にあるマンションから都心のターミナル駅近くにある勤め先まで、朝のラッシュに巻き込まれて出社している。だけど今日は早起きして、余裕のある電車に揺られてきた。人に圧《お》し潰されないだけで、心身の疲れはぐっと軽くなる。

でも早起きする理由は、あくまで朝ごはんだ。

深呼吸をすると、煮込まれたチキンと香味野菜の香りが鼻孔をくすぐった。早朝のスープ屋しずくの店内は、作り立てのブイヨンの風味が漂っている。それは昼間の落ち着いた風味や、夜営業の煮詰まった濃厚さとも違う。完成した直後だけの特別なフレッシュさが食欲を刺激する。

スープ屋しずくは、オフィス街の路地でひっそりと営業している。三月の早朝はまだ気温が低く、店内は暖房で心地好《よ》く暖められていた。

店内にはカウンター席があり、四人掛けのテーブル席も三つ用意されている。今は二人組のお客さんがスープを味わっていた。

テーブルや床、柱などは艶やかなダークブラウンで統一されている。暖色の照明が店内を穏やかに照らし、白の漆喰《しっくい》壁を柔らかな色合いに染め上げていた。

昼間は周辺で働く会社員たちが、お手頃なランチを求めてやってくる。野菜たっぷりなスープと、小麦の味わいが感じられるパンは大人気で、持ち帰りのセットを求めて行列ができることもあった。夜は煮込み料理とワインが絶品のレストランとして、会社帰りの人たちや近隣住民に愛されている。

そんなスープ屋しずくには秘密の営業時間があった。午前六時半から二時間、朝食を提供しているのだ。

店に置いてあるショップカードにも記載されていないし、地域のフリーペーパーに掲載された店の紹介記事でも朝営業について明かしていない。客が広めたくないと考えるのか、ネット上でも朝営業の情報はほぼ記載されていない。

カウンターの向こうにはコンロやシンク、調理台があり、寸胴《ずんどう》鍋が弱火で温められている。店内奥には広い調理場があって、手のかかる料理はそちらで行うようになっていた。

玉ねぎの入ったかごを持った男性が、調理場から店内に入ってくる。そしてシンクに置き、申し訳なさそうな顔で理恵に話しかけてきた。

「お待たせしてしまってすみません。すぐにご用意しますので」

麻野暁《あさのあきら》はスープ屋しずくの店主だ。白いリネンのシャツに茶色のコットンパンツ、黒のエプロンという服装は、細身の体形に似合っている。柔らかな黒髪はさらさらで清潔感があり、人懐っこい微笑《ほほえ》みはひそかに大型の犬に似ていると思っている。

「いえ、ゆっくり準備してください」

理恵はカップに注いだルイボスティーに口をつけた。

スープ屋しずくの朝営業にはいくつかの注意点がある。

まず、朝の時間に出る料理は一種類だけだ。平日に毎日、日替わりのスープを提供している。旬の食材が使われたスープは洋食だけでなく、和やエスニックなど多彩だ。そして朝営業では日替わりメニューの試作品が提供され、ランチやディナーではブラッシュアップされたものが出されている。

試作品といっても味が劣るわけではない。理恵はこれまで何度も、朝に気に入った日替わりスープを昼以降に注文したことがある。

同じ料理でも朝はよりあっさりと食べやすく仕上げられ、ランチでは午後からの仕事に力を入れられるようにしっかりめに作られている。ディナーでは満足感がありつつ消化に良い工夫がされるなど、朝昼夜と時間帯に合わせてアレンジしてあるのだ。

また麻野は朝営業の最中、昼以降の仕込みを進めている。メニューを一種類に絞ることで、提供の手間を省いているのはそのためだ。だけどその分、パンとドリンクがセルフサービスで食べ放題飲み放題になっている。

店に入ると右手側に、焼き立てパンがかごにたっぷり盛られている。丸パンやバゲット、ライ麦パンなどこちらも日によって内容が異なる。ドリンクもコーヒー、紅茶、オレンジジュースなどが揃《そろ》っている。理恵は胃の調子を崩しやすいので、ノンカフェインのルイボスティーを愛飲していた。

麻野が手を丁寧に洗い、真っ白な布巾で滴を拭き取る。コンロに置かれた寸胴からレードルを使ってお皿にスープを注ぐ。それから丁寧な手つきで、皿のふちに一滴だけついたスープを拭き取った。

「お待たせしました。クレソンとくるみのポタージュです。旬のクレソンの風味をぜひお楽しみください」

「わあ、美味《おい》しそうです」

真っ白な陶器の平皿に、クレソンの鮮やかな緑色が映えている。細かく砕かれたくるみが表面に浮かんでいた。麻野がにこやかな笑みを浮かべる。料理を提供するときの麻野は心から楽しそうだった。

理恵は金属製のスプーンを手に取り、ポタージュをすくった。そして口に運び、舌の上に載せるようにして味わう。程よい熱さが金属を通して伝わる。

「わ、美味しい」

真っ先に立ち上ったのが、クレソンの鮮烈な香りだった。生をそのまま噛《か》んだときみたいな瑞々《みずみず》しさが、とろりとしたポタージュから感じられたのだ。

クレソンの独特の苦みもぴりっとした辛みも適度に残され、飲み込んだ途端に香りが鼻を抜ける。特製のチキンブイヨンの旨味《うまみ》とじゃがいもの甘さがスープとしての土台を支え、その上でクレソンの爽やかさが存分に活《い》かされていた。そしてその奥にナッツの芳《こう》ばしさがふっと顔を出した。

「くるみのコクが効いていますね。クレソンとの組み合わせは初めてですが、とても相性が良いです」

ポタージュにはナッツの甘みが贅沢《ぜいたく》な風味を加えていた。

「クレソンとくるみの組み合わせなら、サラダにしても美味しいですよ。塩とオリーブオイルで和《あ》えるだけで十分な一品になります。バルサミコ酢を加えれば、さらに食べ応えのある味に仕上がります」

「いいですね。早速試してみたいです」

理恵は選んできた丸パンをちぎって口に入れた。ふわふわのパンは小麦の味わいがしっかり味わえ、イーストの風味が活き活きとしている。

パンにはバターやクリーム、卵など副材料を入れたリッチなものと、小麦や塩、イーストなどを主体としたリーンと呼ばれるものがある。スープ屋しずくではリーンなパンの品揃えが多く、素材の味わいを活かしたスープを邪魔せず楽しめる。麻野が焼くこともあるらしいが、基本的にはパン屋さんから仕入れている。朝に相応《ふさわ》しく食べ疲れしないため、つい何個も手が伸びてしまうのが難点だった。

テーブル席にいた二人客が立ち上がった。そして満足そうな表情で感謝を告げ、麻野に代金を支払う。

「ありがとうございました。今日も良い一日を」

ベルの音と一緒に店を出る客を、麻野が丁寧なお辞儀で見送った。

ドアが閉まると、店内は理恵と麻野だけになった。

ポタージュを食べ進める。飲み込むたびに滋養が体に染み込むような感覚があった。最高の朝食を味わうことで、今日一日がんばろうという気持ちが生まれる。

「私が初めて朝営業に伺ったときも、クレソンのポタージュでしたね」

「ええ、初めていらっしゃったのは秋でしたね。一般的な旬は春ですが、秋にも良質なクレソンが手に入るのですよ」

スープ屋しずくに初めて訪れたのは二年半前の秋の出来事だ。それから朝昼夜問わず店の常連になり、麻野やその娘の露《つゆ》、ホール担当の慎哉《しんや》とも親しくなった。

そして理恵は、店にやってくるたくさんの事件や謎に遭遇することになった。転職を経つつ、麻野とも長く友人関係を続けてきた。

「今日も大満足です。麻野さん、あ、いえ。暁さん、のスープはいつも美味しいです」

慣れない呼び名を口にするだけで緊張してしまう。もういい大人なのに、恋人同士になったと思うと、麻野と顔を合わせるだけでどきどきしてしまう。

「お口に合ったようで何よりです」

麻野は涼やかな笑顔で返してくれた。理恵と違って余裕があるように見える。

先週、理恵と麻野はお付き合いすることになった。だけど互いの仕事の都合が合わず、恋人同士になってからも朝のスープ屋しずくでしか顔を合わせていない。

理恵は店の奥にあるブラックボードに目をやった。そこでは日替わりメニューに使用されている食材に含まれる栄養素を紹介しているのだ。

健康的な食事はバランスが大事で、特定の栄養を摂取したからといって劇的に改善することはない。だけど健康に良いことをしているという満足感は、日々の食事に張り合いを与えてくれる。そう考えてブラックボードでの紹介を続けているらしい。

今日の食材はくるみについてだった。くるみはオメガ3脂肪酸の一種であるα-リノレン酸を豊富に含んでいるという。α-リノレン酸は悪玉コレステロールや中性脂肪の値を下げ、血流を改善する効果が期待されているのだそうだ。

「あれ？」

カウンター奥の壁際には木製の引き戸がある。その先には廊下があって、店の倉庫やビルの二階にある麻野の自宅に繋《つな》がっていた。その戸がわずかに開いて、女の子が店内を覗《のぞ》き込んでいた。

「おはよう、露ちゃん」

声をかけると戸が開き、髪の長い女の子の姿が見えた。タートルネックのグレーのセーターに茶色のプリーツスカートを合わせ、デニールの濃いタイツを穿《は》いている。腰まである髪の毛は艶やかで、髪質は父親の麻野に似たストレートだ。

麻野の娘の露は、来月に中学の入学を控えている。出会ったときはまだ小学四年生だったけど、最近はどんどん大人びてきている。

「おはようございます、理恵さん。お父さんもおはよう」

「おはよう、露」

露は廊下に用意してある専用のサンダルを履き、店に降り立った。だけど首を傾《かし》げたままその場で立ち止まっている。疑問に思っていると、露が口を開いた。

「お邪魔じゃない？」

「そんなことないよ。一緒に食べよう」

「わかった」

露が微笑み、カウンターを回り込んできた。その途中でパンとオレンジジュースを取るのも忘れない。理恵の隣に腰かけると、麻野が露の分のスープを出してくれた。

「クレソンとくるみのポタージュだよ。ゆっくりお食べ」

「うん。今日も美味しそうだね」

露が金属製のスプーンで、父親が作ったスープを口に運ぶ。そして満面の笑みを浮かべる。露は麻野が作ったスープの味が本当に大好きなのだ。

麻野と付き合いはじめたことは、すでに露に伝えてあった。

麻野の妻で露の母親である静句《しずく》は五年前に亡くなった。静句は麻野と露の胸のなかで大きな存在であり続けている。だから麻野に恋人ができることで、露が不快になるのではないか。それがとても心配だった。

だけど隠すのはもっと嫌だった。理恵にとって露は、年齢は離れているけれど、大切な友人なのだ。だから交際することになった翌日の早朝、スープ屋しずくの店内で三人だけのタイミングを見計らって伝えた。もちろん露に打ち明けることは、事前に麻野にも相談していた。

「麻野さんとお付き合いすることになりました」

意を決して話すと、露は目を丸くしてからため息をついた。

「もっと早く付き合うと思ってた」

露の反応に理恵は面食らい、麻野も明らかに狼狽《ろうばい》していた。

どうやら露は理恵の恋心にだいぶ前から気づいていたらしい。心の機微に敏感な露のことだから、理恵の心の中など丸わかりだったのだろう。さらに露は麻野の気持ちも見抜いていたようだ。

どうして両想いなのに二人は付き合わないのだろう。

ずっともどかしく思っていたそうだ。

露は麻野との交際を歓迎してくれた。ありがたく思うけれど、もしかしたら無理をしているのではないか、という不安もあった。父親の恋人という存在が、露のストレスになるかもしれない。理恵はそのときが来たら露の気持ちと向き合い、最善の対応をしたいと思っている。

ドアベルが鳴り、客が店に入ってきた。

「おはようございます、いらっしゃいませ」

麻野が笑顔で迎えたのは女性二人組で、どちらも理恵の顔見知りだった。

「おはようございます。今日はご一緒なんですね」

「おはよう、奥谷《おくたに》さん。たまたま店の前で鉢合わせしたのよ」

「そうなんです。それで片山《かたやま》さんが一緒に食べようと誘ってくださったんですよ」

真っ白なグレイヘアが綺麗なご婦人と、溌溂《はつらつ》とした若い女性の組み合わせは、祖母と孫のようにも見える。だけど二人は他人で、スープ屋しずくの朝営業の常連だった。

片山節子《せつこ》は七十代で、町内にある大きな洋館で暮らしている。戦後すぐに建てられたという西洋建築は壮麗で、ビルだらけの町で異彩を放っている。五年前に夫を亡くして以降は一人で過ごしているという。

若い女性は諸戸《もろと》夏織《かおり》といい、近くの会社で事務員として働いている。始業が朝九時からなので、スープ屋しずくで朝食を摂《と》ってから出勤することがあるのだ。

二人はテーブル席に向かい合わせで座る。節子の立ち居振る舞いは美しく、座り姿だけでも品があった。そんな節子に向けられた夏織の瞳が輝いている。

節子に夏織を紹介したのは理恵だった。

理恵と夏織はスープ屋しずくの朝営業の際、カウンターで隣り合ったことがきっかけで顔見知りになった。雑談をしていると、夏織が通勤途中にある洋館が気になるという話をはじめた。そして理恵は、主《あるじ》である節子と面識があった。

理恵の勤務先の近所に、カシワという輸入家具専門店がある。その店の店主と理恵は交流があり、節子はカシワのお得意様だった。その縁で理恵とも知り合ったのだ。

加えて節子は、スープ屋しずくの朝営業にたまに来ていた。夏織ともすれ違ったことくらいはあったはずだけど、洋館の住人とは知らなかったようだ。

夏織は節子と話してみたいと飛びついてきた。

昔から優雅な生活をしている人に憧れていると、夏織は理由を教えてくれた。

夏織の父親は区役所職員で、母親はパートタイマーらしい。夏織がいうには貧しくもなく裕福でもない人生を歩んできたという。そのためなのかセレブと呼ばれる人たちの暮らしに、羨望の眼差《まなざ》しを向けてきたらしいのだ。

あまり失礼な言動はしないようにね、と釘《くぎ》を刺しつつ、その数日後に理恵と夏織、節子はスープ屋しずくの朝営業に揃うことになった。それ以来、夏織と節子の交流がはじまったのだった。

節子と夏織はスープを味わいつつ、会話に花を咲かせている。

「昔は今ほど気軽に外食できる店も少なかったわ。だから有名な料理研究家さんの本を参考に、自宅でお客様におもてなし料理を振る舞ったものよ。アメリカの日本大使館で働かれていた方の奥さまもいたから、西洋料理を出すのは緊張したわ」

夏織はいつも、節子から昔話を聞きたがる。高度経済成長期からバブル崩壊以前のエピソードは華やかで、節子も思い出話をするのが楽しそうな様子だった。

「すごいなあ。きっと豪華なお食事だったのでしょうね」

「そんなことないわ。せいぜい鱒《ます》のバター焼きや新鮮なレタスサラダ、ババロアくらいなものよ。当時はご馳走《ちそう》だったけど、今の子たちには物足りないでしょうね」

「そんなことありません。聞いているだけでよだれが出そうです。私もそのパーティーに参加してみたかったです」

「あら、今週末の土曜にお茶会をするから、夏織さんもいらっしゃる？」

「いいんですか」

夏織の表情がぱっと明るくなった。

「ええ、ぜひいらしてほしいわ。若い人が来てくださるなら、お食事をたくさん用意しようかしら。ランチも兼ねたホームパーティーみたいにしたら、きっと満足してもらえるわよね」

「節子さんの御宅にお邪魔できるなんて夢のようです」

まだ節子宅に上がったことはなかったらしい。憧れの人からのお誘いだから、喜びもひとしおだろう。すると夏織が言いにくそうな表情で口を開いた。

「……あの、もしよろしければ、噂《うわさ》のダイヤも拝見できないでしょうか」

「あら、あなたのような若い方にも広まっているのね。しばらく誰にも見せていなかったけれど、ご要望とあれば喜んでお見せするわ」

「本当ですか。すごく光栄です」

夏織の頰《ほお》が紅潮する。噂のダイヤとは何のことだろう。気になっていると節子が理恵のいるほうに顔を向けた。

「奥谷さんと露ちゃんもいかがかしら」

「私たちもですか？」

予想外のお誘いだった。露も意外だったのか目を見開いている。理恵の予定は空いていたが、残念ながら露は友達との先約があった。

「私もお邪魔させていただきます」

「いいなあ。私も行きたかった」

露が肩を落としている。歴史を重ねた洋館で資産家のご婦人が主催するお茶会に参加するなんて、滅多に経験できないだろう。理恵は期待に胸を膨らませながら、クレソンとくるみのポタージュの最後のひとすくいを口に含んだ。

2

雑居ビルが建ち並ぶ街中に節子の自宅はあった。周囲は塀に囲まれ、門扉は堅牢《けんろう》な鉄製だ。その先に三階建ての洋館が建ち、街並みとの落差が異彩を放っている。

隣の夏織は結婚式に行けるようなレース入りのドレスで、ガチガチに緊張していた。理恵はきれいめのグレーのワンピースにしたけれど、どちらが正解かわからない。

「素敵なお宅だね」

洋館を見上げると、ドラマか映画の世界に紛れ込んだような気持ちになる。

「この豪邸に入れるなんて夢みたいです。会社の社長に片山さんの御自宅にお呼ばれしたって話したんですよ。そうしたら驚きで椅子から落ちそうになっていました。かつての片山夫妻は庶民にとって、近づくことさえ恐れ多かったみたいです」

夏織が働く会社は歴史が長く、六十代の社長は片山家と面識があったらしい。片山家は戦前から続く名家で、元華族や政府要人、財閥関係者とも交流があったのだそうだ。そしてかつて洋館ではパーティーが頻繁に開かれていたというのだ。

節子の実家も地方の裕福な地主だったらしい。大学卒業後は中学教師として理科を教えた。二十代半ばで片山家に嫁ぎ、その後は夫を支えてきたという。だがバブル崩壊を機に派手な生活をやめ、夫婦でのんびりと暮らすようになったようだ。

理恵はインターホンを鳴らして名前を名乗った。

「はあい、お入りくださいな」

自動で解錠する音がして、理恵たちは門をくぐった。

門から建物まで二十メートルほどあり、庭は植栽が豊かだった。綺麗に手入れされていて、庭師が定期的に管理しているのがわかった。薔薇《ばら》の木には小さなつぼみがいくつもふくらんでいる。五月には美しく咲き誇るのだろう。

「片山家のダイヤが見られるなんてわくわくします」

「それは有名なの？」

「もちろんです」

節子が片山家に嫁いだ際、義理の母親からダイヤモンドを受け継いだらしい。ヨーロッパの貴族の持ち物だったとか、華族から譲られたなどの逸話があるという。指輪やネックレスではなく、ルースと呼ばれるそのままの状態で保管され、売却すれば数百万とも数千万とも言われているようだ。

「ダイヤは限られた人しか見たことがないらしくて、社長も噂でしか知らないみたいです。だからぜひこの目に焼きつけたいと願っていたんです」

夏織がきらきらした表情で洋館を見上げる。

理恵が玄関のチャイムを鳴らすと、しばらくして節子が扉を開けた。コットンのワンピースにニットのカーディガンを羽織っている。ポケットなどの装飾のないシンプルなデザインだが、素材と仕立ての良さが一目で伝わった。

「いらっしゃい。どうぞお入りになって」

玄関は広々としていて、見上げると花のつぼみを模したアンティーク調の照明が灯《とも》っていた。漆喰壁には絵画などは飾っておらずシンプルだ。廊下を歩き、階段の前を通過するときに節子が口を開いた。

「今は私一人だから、二階から上は全然使っていないの。家政婦さんに掃除はしてもらっているけど広くて困ってしまうわ。ああ、近頃はハウスキーパーさんよね」

長い廊下を進んだ先にあるドアが開き、理恵たちは応接間に案内される。

中央に純白のテーブルクロスが敷かれた長テーブルがあり、七脚の椅子が囲んでいる。庭に面したガラス窓の先には、先ほど見かけた薔薇が一望できた。壁に掛けられた大きな振り子時計は古いながら手入れが行き届き、壁際に置かれたアンティーク調のデスクには細かな装飾が施されたランプが置かれている。

理恵はかつて旅行先で地方の洋館を観光したことがあった。地域の名士が住んでいた建物は文化財に指定されていたのだが、応接間はその一室を思い出させた。

応接間には三人の先客がいて、新しく入ってきた理恵たちに視線を向けた。理恵たちは会釈をして、促されるままに席に着く。

「もう一人来る予定だけど、遅くなるみたいなの。先にはじめちゃいましょうか。飲み物も用意するわね」

「お手伝いします」

夏織が腰を浮かせると、節子が首を横に振った。

「お客様は座っていらして。私はおもてなしするのが好きなのよ。それにあまり人をキッチンに入れたくないの」

「わかりました」

節子が応接間から姿を消す。台所は人によっては聖域に等しい。家主に拒否されたら従うしかない。

テーブルにはすでに軽食が用意されていた。パプリカやヤングコーンのピクルスやチーズ盛り合わせ、生ハムやレバームースなどが並んでいる。シャンパンがワインクーラーで冷やされ、他にもリンゴやメロンなどのカットフルーツ、サブレやマドレーヌ、ガトーショコラなどの甘味までも一堂に会する光景は壮観だった。

「はじめまして。田所《たどころ》真由美《まゆみ》と申します。サロン・ド・マユミという美容院を経営していて、節子さんにはごひいきにしてもらっています」

先に来ていたうちの一人が挨拶をしてくれた。五十過ぎくらいの女性で、メイクや服装がきらびやかだ。理恵はサロン・ド・マユミには縁がないけれど、マダムが集う美容院だと聞いたことがある。

「えっと、私は宍戸《ししど》彩《あや》です。こっちが息子の衛《まもる》です」

彩は三十歳くらいで、セーターにジーンズとこの場で一番カジュアルな服装だ。自己紹介によると節子が買い物に使うドラッグストアの店員で、商品の場所を聞かれたことがきっかけで会話を交わすようになったらしい。息子の衛は五歳くらいで、退屈そうに足をぶらぶらさせながら目の前に並ぶ料理を見つめていた。

「片山さんは本当に上品で、こんな人がこの世にいるんだって憧れていたんです。だから御招待していただいて、まるで夢みたいな気分です」

それから彩が室内を見回して、顔を強張《こわば》らせた。

「でも私みたいな庶民が、こんな会に来てしまって申し訳ないです」

「私も夏織さんも、ごく普通の会社員ですよ。行きつけのレストランで知り合いになっただけですから」

理恵が微笑みかけると、彩がほっと息を吐《つ》いた。

「そうなのですね。少し安心しました。遅れていらっしゃる方は、二階堂《にかいどう》内科さんのお医者様と聞きました。だから他の方たちはどんなすごい人なんだろうって緊張していたんです」

二階堂内科は節子の自宅の近くにある医院だ。節子のかかりつけ医であると、スープ屋しずくでの雑談で聞いた覚えがあった。

節子がティーポットと人数分のスープがよそわれたお皿を運んできた。

今度は夏織と他の客も立ち上がって節子を手伝った。アルコールを希望する彩と真由美のグラスにシャンパンを注ぎ、残りの人にはカップに紅茶を淹《い》れる。そして衛の前にはオレンジジュースが置かれた。

用意を終えると、奥の窓を背にした上座に節子が腰かけた。

長テーブルの短い辺にあたる場所が節子の座り位置で、節子から左斜め前に夏織が、その隣に理恵と真由美が順に座っている。節子の右斜め前に彩がいて、隣の席で洋菓子に手を伸ばそうとする衛を制止している。衛の右隣が空席になっていた。

「今日は来てくださってありがとう。お若い方が集まってくださると、こちらの気持ちも昔に戻ったみたいだわ。それではみなさんお好きに召し上がってくださいね」

「今日の料理は節子さんがお作りになったのですか？」

　夏織の質問に、節子が微笑みを返した。

「いくつかは私が作ったけど、ほとんどはプロの方にお願いしたわ。昔お付き合いのあったシェフのお弟子さんが用意してくれたの」

　節子がその付き合いのあったシェフの名前を教えてくれる。全国的に有名なフランス料理の第一人者で、そのお弟子さんの店も星付きレストランとして知られていた。

「昔は料理研究家の方に教わったものを作ったのだけど、すっかり忘れてしまったわ。そういえばその先生は今、お孫さんが料理教室を開いているみたい。夏織さんはお料理を習ったりしないの？」

「私ですか？　前からちゃんと勉強したいと思っているんですが、なかなか踏ん切りがつかないんです。理恵さんは料理教室に行ったことはありますか？」

「私も申し込もうか悩んでいるんだ」

　プロから料理を学びたい気持ちはずっとあった。先日も自宅ポストに配られていたフリーペーパーを読んだところ、料理教室の広告が掲載されていた。ネットで軽く調べたら、エスニック料理の講座が好評だと書かれていた。

麻野はどんな料理でも得意だけど、東南アジアの料理は比較的詳しくない。勉強したら役に立てるかもしれないと思って、その教室に通うか迷っているところだった。

理恵は自分の皿にピクルスや生ハム、チーズを取り分ける。口に運ぶとシンプルながら素材の上質さが一瞬で理解できる味わいだった。

次に理恵はスープを飲むことにした。白磁の平皿に盛られたスープは透き通った褐《かっ》色《しょく》で、量は控えめだった。芳醇《ほうじゅん》な香りにつばを飲むと、節子が楽しそうに微笑んだ。

「実はそのコンソメスープだけ、スープ屋しずくさんにお願いしたの。無理を言って午前中に慎ちゃんに届けてもらったのよ」

「そうなのですか？」

慎ちゃんとはスープ屋しずくのホール担当の慎哉のことだろうか。

「実は慎ちゃんのご家族とは長い付き合いでね。あの子のことも生まれたときから知っているの。慎ちゃんはご両親と折り合いが悪いみたいだけど、素敵なお店をやるようになって安心しているのよ」

慎哉の実家である内藤《ないとう》家は資産家だと聞いたことがある。スープ屋しずくの入っているビルも慎哉が相続したものだという。節子と顔見知りなのも納得だった。

「そのコンソメスープは、麻野さんが腕によりをかけて作ってくれたのよ。ぜひこのパーティーでお出ししたいと思ったの」

コンソメとは『完成された』という意味を持つスープだ。手間がかかるため、スープ屋しずくでもめったに出てこない。

「いただきます」

銀製のスプーンを手にして、スープを口に運ぶ。その瞬間、眩暈《めまい》に似た感覚に陥った。肉や野菜、ハーブなどの味わいが渾然《こんぜん》一体となっている。旨みと風味がいくつも重ねられ、生み出された奥深さに感覚が追いつけない。素晴らしい味に陶然となる。きっと節子の依頼だから、最上級の食材を贅沢に使っているのだろう。スープ屋しずくの店舗では予算的に出すのは難しいに違いない。

「……美味しい」

気がつくとスープはなくなっていた。塩気は絶妙に物足りないくらいの加減で、自然と食欲が湧いてくる。きっと麻野は他の料理のことを考えて味つけをしたのだろう。

理恵はパンに手を伸ばす。

ふわふわのパンは、まるで水みたいにスッと喉を通った。雑味が一切なく小麦のピュアな味わいだけがある。こんなパンがあるのかと衝撃を受ける。

もっと味わいたくなり、理恵は卓上の調味料に手を伸ばした。塩の入った瓶は装飾が施され、調味料入れでさえ高級感があった。ガラス製のオイルポットにオリーブオイルがなみなみと入っている。オリーブオイル専用の容器があることに驚きつつ、ガラスの蓋《ふた》を開けて自分の皿に垂らす。

パンにオリーブオイルをつけて口に運ぶ。パンを下地にオイルの果実みが感じられ、洗練された香りが鼻を抜けた。高級なオリーブオイルは何度か食べたことがあるけれど、そのなかでも最上の味わいだ。きっと目玉が飛び出るほど高額なのだろう。

パンを楽しんでいたら、パン屑《くず》がいつの間にか手元に落ちていた。純白のテーブルクロスだとよく目立つ。かしこまった席での食事には慣れていないので恥ずかしく思っていると、節子に声をかけられた。

「私にもオリーブオイルをよろしいかしら」

「はい」

理恵はオイルポットを差し出すと、夏織が受け取ってから節子に手渡した。

節子が小皿にオリーブオイルを垂らす。所作が優雅で無駄がなく、品の良さは一朝一夕では身につかないと実感する。

隣の真由美がシャンパンを片手に話しかけてきた。

「さすが節子さんが用意した料理ね。どれも一流の食材を使っているわ」

「ええ、本当に素晴らしいです」

理恵はしばらく真由美との雑談を楽しんだ。

節子が真由美のサロンに通うようになったのは、それまで頼んでいた美容師が高齢で引退したことがきっかけだったという。節子が新しい美容師を探していたところ、知り合いの伝手《つて》でサロン・ド・マユミに来たのだという。それ以降、常連になったのだそうだ。

「私はこの町の生まれなのだけど、節子さんに利用してもらえるのは最高の栄誉なの。うちの美容院に通ってくださるなんて今でも夢のようだわ」

真由美の声音には熱が込められていた。

理恵はかつて外回り中に、節子を見かけたことがあった。日傘を差して歩く姿は優雅で、思わず目を奪われるような美しさがあった。内側から滲《にじ》み出る気品には、人を惹《ひ》きつける力があるのだろう。

衛はチーズのにおいに眉をひそめたり、マドレーヌを食べて笑顔になったりと忙しい様子だ。彩は息子に注意を払いながら、冷菜とシャンパンを味わっている。

理恵の隣から、夏織の上擦った声が聞こえた。

「あの、例のダイヤを見せてもらえますか。すごく楽しみにして来たんです」

「そうそう、忘れるところだったわ」

節子が立ち上がり、応接間を出ていく。遠慮なくお願いできる素直さは夏織の長所なのだろう。戻ってきた節子は手のひらサイズのケースを手にしていた。

「噂ばかりが広まっているけれど、カラットはそこまで大きくないのよ」

席に戻った節子が箱を置いた。十センチ四方くらいの木製で、天板部分が透明になっており中身が見える。そして白いクッションの中央に透明な石が輝いていた。

ケースの蓋を外すと、輝きを放つ石が顕《あら》わになる。光を受けて煌《きら》めく様子を、夏織は目を限界まで広げて見つめている。

「はい、お近くでどうぞ」

節子が夏織の手のひらの上にケースを置いた。

「皮脂がついてしまうから、手に取るなら手袋を用意するわよ」

「そんな、恐れ多いです！」

ケースを載せた手は震えている。夏織が眼前に近づけ、ダイヤを凝視する。息を止めているのか、みるみる顔が紅潮していく。そして大きく息を吐くと、ケースを慎重にテーブルに置いた。

「ありがとうございます」

「ご満足いただけたかしら」

「一生の思い出です」

「お披露目した甲斐《かい》があったわ」

節子はにこやかに笑うと、次は全員を見渡した。

「みなさんもご覧になる？」

「はい、お願いします」

理恵はうなずき、ケースを手に取った。

間近で見ると、輝きと石の大きさに圧倒される。このサイズを間近で見るのは初めてだった。宝石のカットについてはそこまで詳しくないけれど、オールドヨーロピアンカットと呼ばれるもののはずだ。直径は二センチ近くありそうだが、カラット数はいくつになるのだろう。

堪能した後に隣に渡すと、真由美は感心した様子でダイヤを見つめていた。だけどすぐに理恵に戻してくる。宝石にはあまり興味がないのかもしれない。

最後に彩が受け取り、口をあんぐり開けながら見入っていた。衛も何となく価値がわかるのか無言で眺めている。

そこで着信音が鳴った。真由美がバッグからスマホを取り出し、画面を見て眉を上げる。彩が節子の前にケースを置いたのと同時に、真由美が口を開いた。

「二階堂さんがあと少しで到着するみたいです」

真由美は二階堂医師と面識があるようだ。節子はスマホを持っていたはずだが、操作が苦手らしくほとんど使わない。だから真由美に連絡をしたのだろう。

「あら、それは良かったわ」

「急ですが、新しいパートナーを連れてくるそうですよ」

節子が嬉《うれ》しそうに胸の前で手を合わせる。

「初耳だわ。二階堂さんったらもう新しい恋人ができたのね」

「そうなんですよ。大学で鉱物の研究をされている方だと話していました」

「あら、インテリカップルなのね」

そこで突然、バシャンという音がした。見ると衛の前でコップが倒れ、オレンジジュースがこぼれていた。

「すみません。ちょっと衛、何をしているの」

彩が衛を叱《しか》りつける。彩はバッグからティッシュを取り出し、オレンジジュースを拭いた。薄い紙が黄色に染まる。各席に紙ナプキンがあったので、理恵と真由美は腰を浮かせて手を伸ばし、拭き取るのを手伝った。

コップに入っていたジュースは少量だったようで、幸いにも被害は少ないみたいだ。しかし純白のテーブルクロスがジュースを吸ってしまった。彩はティッシュや紙ナプキンを壁際のゴミ箱に捨て、席に戻ってから節子に頭を下げた。

「汚してしまって申し訳ありません」

彩は衛の後頭部に手を添え、無理やりお辞儀をさせる。衛は今にも泣きそうな顔だ。するとと節子が微笑みを浮かべた。

「何を言っているの。食事に汚れはつきものよ。そんなことより衛くん、ジュースのお替わりはいるかしら？」

「うん！」

衛がほんの一瞬で満面の笑みを見せた。

そこで夏織が叫んだ。

「ダイヤがない！」

声は絶叫に近かった。夏織がテーブルの上を指差している。宝石ケースがあり、透明な石が輝きを放っているはずだった。

しかしクッションの上には何もなかった。

ダイヤモンドが、消え失せていたのだ。

3

理恵は目の前の光景に絶句する。ケースは蓋が開き、柔らかそうなクッションが見える。その中央にくぼみがあった。だけど肝心の石がどこにもないのだ。

「えっと、ダイヤはどちらに？」

節子がつぶやくけれど、誰も反応しない。節子は困惑顔で周囲を見回し、夏織は愕《がく》然《ぜん》とした表情でケースをじっと見つめている。彩はぽかんとしていて、衛は戸惑う大人たちに怯《おび》えた様子だった。

「誰かが持っているのですか？」

理恵が穏やかに訊《たず》ねるけれど、やはり反応はなかった。黙っていても仕方ないので、状況を整理することにした。

「ダイヤはいつまでありました？」

理恵の疑問に彩が答える。

「順番に見たあとに、節子さんにお返ししました。その時点ではありました」

彩は節子の前に宝石ケースを置き、真由美が二階堂医師の話をした。その直後に衛がジュースをこぼし、気がつくと石がなくなっていたのだ。

「ええ、それで間違いないわ。私もすぐに蓋をするべきだった」

節子も彩に同意した。

「ではテーブルの上を調べてみましょうか」

理恵の提案で、一同はテーブルの上を捜すことにした。何かの拍子に転がってしまった可能性は充分にある。

皿の下やコップの中などを捜す途中で、ひとつの汚れが気になった。節子の前にオイルポットがあったのだが、その近くに丸い染みがあったのだ。節子の所作は美しく、食事をこぼしそうにない。だけど汚れがある以上は何かを落としたのだろう。

意外ではあるけれど、ダイヤとは関係がない。捜索に戻るけれど、テーブルの上など大人が五人と子供一人なら数分で捜し終える。結局ダイヤは見つからなかった。

「誰かが盗んだってこと?」

彩が困惑した顔で言うと、全員の表情が一変した。片山家の宝物は数百万円から数千万円と噂されている。盗みを働くのに充分な価値がある。

だけど衆人環視の下、お茶会が開かれている最中に盗むなどあり得るのだろうか。

真由美が参加者たちを睨《にら》みつける。

「犯人はすぐに名乗り出なさいよ。今なら冗談で間に合うわよ」

真由美が犯人である可能性は極めて低いだろう。

宝石ケースは節子の前に置かれていた。そして節子の左斜め前に夏織が座り、その隣が理恵、真由美と続く。理恵なら身を乗り出せば宝石ケースまで手が届く。だけど真由美からは距離があるため、盗むことは不可能なのだ。

「ジュースがこぼれたタイミングが怪しいわね」

真由美が腕を組み、話を進めていく。

理恵も同じ意見だった。

盗む機会があるとすれば、衛がコップを倒したとき以外に考えられない。あの時間は全員の視線が衛に向かっていた。宝石ケースへの意識が外れた隙を狙えば、何とか盗むことはできたかもしれない。

「あの、それだと私は違いますよね」

彩が不安な様子で小さく手を挙げた。

息子がコップを倒したことで、彩は対応に追われることになった。彩にも視線が注がれていた以上、盗みを働く余裕はないように思えた。

すると真由美が口を開いた。

「念のためゴミ箱を見てみましょうか」

彩はオレンジジュースを拭き取り、ゴミ箱に捨てた。盗む余裕はあるとは思えないけれど、たまたま紛れ込んだ可能性は否定できない。

「それなら私が見るわ」

節子が立ち上がり、壁際のデスクにゴミ箱の中身を出した。丸まった紙ナプキンを広げるなどの確認をしてから、節子が振り向いて首を横に振った。

「ダイヤはなかったわ」

「よかった」

彩が深く息を吐いた。

衛がコップを倒した時間が犯行のタイミングだった場合、理恵の可能性も低くなる。宝石ケースに手を届かせるためには、身を乗り出して手を伸ばす必要がある。衛に全員の視線が向かっている状況だと、夏織の視線を遮ることになるのだ。

そうなると容疑者は限られてしまう。隣に座る夏織は顔色が青くなっていた。

「私じゃないですよ」

「でもダイヤに憧れていたわよね」

真由美が指摘すると、夏織が顔を強張らせた。この場で最もダイヤに興味を抱いていたのは夏織なのだ。理恵は小さく手を挙げた。

「ダイヤがないと叫んだのは夏織さんです。もしも犯人なら気づかせる必要なんてないのでは？」

「容疑者から外れるのを見越して、自分で言い出した可能性だってあるわ」

真由美は完全に夏織を疑っている。すると夏織が突然両腕を広げた。

「私は潔白です。これ以上疑うなら身体検査をしてください」

夏織が堂々と胸を張る。その迫力に真由美が怯《ひる》んだようだが、すぐに睨み返した。

「じゃあ私がやるわよ」

全員が監視するなか二人が立ち上がり、真由美が夏織のポケットなどを確認していく。疑われた上に身体《からだ》を触られるなんて屈辱以外の何物でもない。

「……ないわね」

ダイヤモンドは見つからなかったようだ。しかし小さな粒である以上、ひそかに隠せる場所はいくらでもあるだろう。しかしさらに捜すには服を脱がせる必要がある。そこまでして調べるのであれば素人《しろうと》がやる範疇《はんちゅう》ではない。

彩が不機嫌そうな口調で言った。

「高価なダイヤなんですよね。それならもう警察を呼びましょうよ」

この場にいることに嫌気が差している様子だった。

「私も賛成です」

彩の訴えに理恵も同意する。被害額が莫大《ばくだい》な以上、警察の手に委《ゆだ》ねるべきだ。だがそこで節子が口を開いた。

「必要ありません」

よく通る声に、全員の視線が節子に集中する。

「どうしてですか？」

困惑する真由美に、節子が顔を向ける。

「誰の仕業かわかっています。警察には連絡しません」

「犯人がわかっているってことですか？」

真由美が視線を向けると、夏織《と》が睨み返した。節子はこの短時間に、誰が盗んだか見抜いたのだろうか。それとも盗る瞬間を目撃したのだろうか。だけど最初は誰が犯人かわからない様子だったはずだ。

節子が背筋を伸ばして息を吸う。その後に続く言葉は予想外のものだった。

「今日はここでお開きにします」

「ダイヤは返してもらわないのですか？」

夏織が困惑した表情を浮かべると、節子はゆっくりうなずいた。

「その点も問題ありません。ダイヤは無事だと断言します。これ以上犯人を捜すようなことも、どうかお控えください」

それから節子が真由美に顔を向けた。

「お手数ですが、真由美さんには二階堂さんに中止のご連絡をお願いします。私はスマートフォンをうまく使いこなせないもので。お連れの方にも、申し訳ないことをしたとお伝えください」

「わかりました」

真由美は釈然としない表情でうなずいた。

節子が立ち上がり、深々と頭を下げた。

「本日はお招きしたにもかかわらず、このような騒ぎに巻き込んでしまいました。心よりお詫《わ》び申し上げます」

節子の態度から、この件は終わりだという頑《かたく》なさが伝わってくる。ダイヤの持ち主が言うのであれば従うしかない。理恵たちは洋館をあとにした。

門を出てしばらく歩いてから振り返る。見送りに出てくれた節子がまだ頭を下げていた。きっと姿が見えなくなるまで続けるのだろう。

隣を歩く夏織は沈んだ表情のまま押し黙っている。夕陽に照らされた洋館は、不思議と訪れたときよりも古びたように感じられた。


理恵はスープ屋しずくのカウンターに座り、早朝のスープを待っていた。最近仕事が忙しく、昨日も帰宅時間が終電に近かった。睡眠の質も良くなかったようで、あくびが何度も出てしまう。すると隣に座る露が心配そうな視線を向けてきた。

「理恵さん、お疲れですか？」

「心配してくれてありがとう。でも一段落したよ」

昨日がんばったおかげで目処《めど》がつきはじめた。明日か明後日には一区切りつくだろう。するとカウンターの向こうから麻野がスープを置いてくれた。

「あまり無理はなさらないでくださいね。こちらは本日の日替わりスープで、修道士風スープです。ごゆっくりどうぞ」

木製のスープボウルに豆と野菜たっぷりのスープがよそわれ、普段のチキンブイヨンと異なる香りが漂っていた。何の味か疑問に思いながら木の匙《さじ》でスープをすくう。黄色みがかったスープはわずかに濁っていて、とろみは弱めでさらっとしていた。

まずはスープだけを口に運ぶ。すると癖のない魚介の出汁《だし》が感じられた。そして豆類や野菜の滋味と一体となって、素直で温かみのある味わいに仕上がっていた。

「こちらは干し鱈《だら》ですか？」

「さすがですね。正解です。干し鱈を塩抜きしてから刻んで入れています」

干し鱈は韓国やヨーロッパでよく使われる素材で、良質な出汁が取れる。前に慎哉が二日酔いになったとき、干し鱈を使った韓国風の酔い覚ましのスープを麻野が用意したこともあった。

「カトリックでは復活祭の前に、鳥獣の肉を断つ時期があるそうです。その期間に鱈の塩漬けを食べる習慣があるとのことです。今回はスペインの修道士に伝わるレシピを参考にアレンジしています」

「素朴でしみじみと美味しいです。玉ねぎの甘さも効いていますね」

「玉ねぎのソフリートも味のベースのひとつになっています」

「ソフリートですか？」

野菜をオリーブオイル、塩でじっくり炒《いた》め煮にしたものをソフリートと呼ぶらしい。一般的にはトマトが入ることが多いらしいが、今回は玉ねぎとニンニクだけでシンプルに作ったという。イタリアではソフリットとも呼ばれるそうだ。

理恵は次に具材を口に運んだ。最も印象的なのが茎の赤い葉野菜だった。匙ですくって口に運び、咀嚼《そしゃく》する。するとシャキシャキとした歯触りが心地好く、ほのかな渋みがあるが癖が少なくて食べやすい。

「このお野菜はなんですか？」

「そちらはスイスチャードで、ヨーロッパで広く食べられている野菜です」

「初めて食べますが、美味しいですね」

「真冬以外は収穫できることから、和名では不断草《フダンソウ》と名付けられています」

他にもスープにはひよこ豆がたっぷり入っていた。ほくほくとした食感で食べ応えがあり、栗《くり》のような甘みが感じられた。

普段以上に優しい味で、一口目は少しだけ物足りなさがある。だけど食べ進めるうちに気にならなくなり、素材の持つ旨味が徐々に鮮明になる。修道士という単語の影響か、不思議と荘厳な気持ちを抱かせてくれた。

店内奥のブラックボードを見ると、今日はスイスチャードについて解説してあった。ビーツやほうれん草の仲間で、ビタミンやミネラルを豊富に含むのだそうだ。含有成分のビタミンKは骨密度アップのために重要な栄養素だという。

隣では露が笑顔で父親の作ったスープを味わっている。麻野はカウンターの向こうで玉ねぎを切っている。店内に庖丁《ほうちょう》の音がリズミカルに鳴るなかでドアベルが鳴り、一人の女性客が入ってきた。

「おはようございます、いらっしゃいませ」

「あ、理恵さん。おはようございます」

「夏織さん、ひさしぶりだね」

最近、夏織とスープ屋しずくで会わなかった。そのため顔を合わせるのは、十日ほど前に行われた節子宅のお茶会以来になる。

夏織は理恵の隣の席に来て、足元のかごにバッグを置いた。それから手慣れた様子でバゲットのスライスとミネラルウォーターを用意する。

そして席に座ると、真剣な眼差しを向けてきた。

「最近、節子さんに会いましたか？」

「ううん、会っていないよ」

すると夏織がうつむき、沈んだ声で言った。

「そうですよね。実は昨日、節子さんのお宅を訪ねたんです」

夏織はダイヤの行方《ゆくえ》がずっと気になっていたそうだ。だけどスープ屋しずくでも節子に会うことがなく、思い切って片山家のインターホンを鳴らした。しかし反応がないため夜に出直したものの、やはり応答がなかったというのだ。

夏織の前にスープボウルが置かれる。美味しそうな香りが漂うスープを口に運び、夏織は深くため息をついた。

「それから近くのドラッグストアに行ってみました。そうしたら彩さんが働いていたので話を聞いてみたんです」

理恵は夏織の行動力に驚く。節子への憧れは、執着心といっていいほど強烈だったらしい。彩に話を聞いたところ、ここ数日、節子の姿を見ていないという。

続いて夏織はサロン・ド・マユミを訪ねた。

「真由美さんに聞いたら、数日前に会ったと教えてもらいました。その上で真由美さんに謝罪されたんです」

節子は四日前にサロン・ド・マユミを訪れ、いつものように髪の手入れをしていったらしい。その際に宝石は無事に見つかったと報告したのだそうだ。

「そのとき節子さんは、『悪いのは私なの』『夏織さんは無実よ』と真由美さんに告げたそうです。真由美さんはその言葉を受けて、私を疑ったことを謝ってくれました」

真由美も夏織と同じように、節子に強い憧れを抱いていた。洋館の近くで生まれた真由美にとって、美しいマダムは羨望の的だったという。いつか節子に近づける人間になりたい。そう夢見て必死に働き、美容院を開業したそうなのだ。

そのため財産のほとんどをサロン・ド・マユミを豪華に飾るために使っているらしい。私生活は質素で、プライベートでは宝飾品などに一切手を出していないという。先日のお茶会での派手な服装は店に出るための格好なのだそうだ。

真由美は夏織に厳しかった。それはレストランで一緒になっただけの人物が、節子のお茶会にお呼ばれしたことへの嫉妬《しっと》だったと、真由美は夏織に謝ったのだそうだ。節子の『悪いのは私なの』という発言が気になった。節子はダイヤを盗まれた被害者なのだ。でも節子に何らかの原因があるというのだろうか。

理恵は一点だけ、節子に関する情報を持っていた。話すべきか迷った末に、夏織に打ち明けることに決めた。

「話したいことがあるんだ」

「何ですか？」

夏織が顔を近づけてくる。理恵は躊躇《ためら》いながら口を開いた。

「もう情報は公開されているはずだから、伝えても問題ないと思う。実は節子さんの洋館が売りに出されているんだ」

「本当ですか」

理恵は地域密着型のフリーペーパー『イルミナ』の編集をしている。そこに地元の不動産会社が定期的に広告を出していた。数日前に電話でデザインのやりとりをしていると、雑談のなかで相手が、片山家の洋館が売りに出される予定だと教えてくれたのだ。

「古くからある建物だからできれば取り壊したくないけど、超一等地だから更地にしてビルかマンションにするのが手っ取り早いって、不動産会社の社長さんが困った様子で話してくれたんだ」

「じゃあ節子さんはやっぱりもう住んでいないってことですか？」

夏織の目に涙が浮かぶ。先日のお茶会では引っ越すようなそぶりは一切なかった。だけどその裏では住居の売却と転居を計画していたことになる。

「私も節子さんのことが気になっていたんです」

黙ったままスープを味わっていた露が口を開いた。

「少し前から、節子さんはとても辛《つら》そうでした。笑顔を作っていましたけど、何か悩みがあったように思うんです。……すみません、根拠はないんですけど」

露は他人の心の機微を敏感に読み取る。特に苦しみだったり悪意だったりマイナスの感情を鋭く察知するのだけど、その理由が何なのか言語化することができない。露が感じ取ったのであれば、節子が悩みを抱えていた可能性は高いのだろう。

「理恵さんはお茶会の日に、気になったことはありますか？」

夏織に質問され、あの日のことを思い返す。

だが不自然な事柄など思いつかない。

「特に何もなかったよ。強いて挙げるとしたら、節子さんの近くのテーブルクロスに染みがあったことかな。節子さんでも汚すんだなって妙に安心したんだ」

「それならオイルポットの蓋だと思います。彩さんが衛くんのこぼしたジュースを拭いているとき、節子さんが蓋を拾ってオイルポットに戻していたから」

どうやら節子が蓋を落としたことで染みができたらしい。

そこで夏織が顔を上げた。

「そういえば衛くんがジュースをこぼした直後に、トンって何かが落ちる音が聞こえました。あれは蓋を落とした音だったのかも。コップが倒れて驚いたのかな」

理恵には全く聞こえなかった。節子の席に近かったとはいえ、夏織は耳がいいのかもしれない。そこで夏織が居住まいを正し、麻野に顔を向けた。

「麻野さんに折り入って頼みがあります」

急に話を振られ、麻野が困惑した様子で庖丁を動かす手を止めた。

「噂で聞いたのですが、これまで色々な謎を解き明かしてきたらしいですね」

これまで麻野はスープ屋しずくでたくさんの謎を見抜いてきた。朝営業に通っていれば自然と耳に入ることになるだろう。

「謎を解くなんてとんでもありません。僕はただお客様のお話を聞いて、気づいたことを申し上げただけに過ぎません」

「それでもいいです。どうか話を聞いてくれますか」

「それくらいなら構いませんが……」

夏織は戸惑う麻野に対し、あの日に起きたことを詳細に話しはじめた。時おり理恵も補足を加えるのを、麻野は下拵《したごしら》えを進めながら聞いていた。

話し終えると、夏織がすがるような視線を向けた。

「何か気づかれたことはありませんか？」

麻野は軍手をはめ、鷹《たか》の爪の種を取り出していた。さやの部分を刻み、プラスチック容器に移し替える。それからはっきりと首を横に振った。

「申し訳ありません。お力になれることはございません」

「それは残念です。聞いてくれてありがとうございました」

夏織が肩を落とし、無言でスープを食べ進める。

理恵は違和感を覚えた。麻野が謎を解決する姿を近くで見続けてきた。その上で麻野の表情から、具体的には説明できないけど、何かに気づいたような気配を感じたのだ。今までなら推理がはじまるのに、なぜか口を閉ざしている。

「ごちそうさまでした」

理恵と夏織は、同じタイミングで食事を終えた。

支度を整えながら、理恵は迷っていた。お茶会の真相は知りたい。だけど説明しないことを選んだ以上、理由があるはずなのだ。質問すれば教えてくれると思う。理恵は悩んだ末に、麻野の気持ちを尊重するため真実を尋ねないことに決めた。

店を出ると、夏織は理恵と反対方向に歩き出した。もうすぐ三月が終わり、新しい年度がはじまる。夏織の背中を見送ってから理恵は職場に向かった。

4

仕事は順調に進み、ひさしぶりに早めに帰宅することができた。溜《た》まった洗濯や掃除を終わらせ、ゆっくり湯船に浸《つ》かる。

アロマオイルを焚《た》いた部屋で眠りにつき、健やかな気持ちで朝を迎えた。時計はスープ屋しずくの朝営業に行くときの起床時刻より、一時間近く早くを指していた。だけど眠りの質が良かったのか心身ともに軽やかだ。

空《す》いている電車に揺られ、会社の最寄《もよ》り駅のひとつ手前で降りる。

地下鉄の駅から地上に出ると空は明るくなっていた。スープ屋しずくの前に到着すると、麻野がドアのプレートを裏返していた。

麻野が理恵に気づき、驚きつつも笑みを浮かべた。

「おはようございます。今日は早いですね」

「ちょっと早起きしちゃいまして」

麻野がドアを支えてくれたので、先に店内に入る。早朝はまだ肌寒いので暖房が必要だけど、店内はまだ暖まりきっていなかった。

カウンター席に腰かけると、麻野が声をかけてきた。

「本日は、はまぐりのクラムチャウダーです」

「はまぐりとは豪華ですね」

「一九七〇年代の西洋料理の本を読んだら載っていたので、参考にして作ってみました。本場はホンビノスガイですが、当時の日本では入手できませんからね」

「とても楽しみです」

一九七〇年代といえば高度経済成長期が終わり、安定成長期に入った時代だ。その後に続くバブル景気は、おそらく節子が華やかな生活を送っていた頃だろう。

パンかごから食パンのスライスをトングで取って、ルイボスティーと一緒に席に戻る。椅子に座ると、麻野が薄手の陶器のスープカップを置いてくれた。

「お待たせしました。はまぐりのクラムチャウダーです」

ミルク仕立てのスープに大ぶりのはまぐりが沈んでいる。具材はベーコンやたまねぎ、じゃがいも、にんじん、セロリなどが刻んで入れられていた。表面にパセリが振りかけられ、さらに二センチくらいの楕円《だえん》形のものが載っていた。

「この浮き実は何ですか？」

スープ屋しずくのスープには、表面に具材が浮かんでいることが多い。枝豆のポタージュならすり潰す前の枝豆だったりするのだけど、今日のクラムチャウダーの浮き実は見たことがなかった。

「そちらはオイスタークラッカーです。ただし牡蠣《かき》は使われてない塩気の効いたシンプルなクラッカーです。僕も最近知ったのですが、本場のアメリカではオイスタークラッカーがないと、クラムチャウダーが完成しないとまで言われるそうです」

「そうなんですね。ではいただきます」

真鍮《しんちゅう》のスプーンですくって、温かなスープを口に運ぶ。するとはまぐりの上品な旨みと香りが押し寄せてきた。生クリームは使われていないようで口当たりはあっさりで、ミルクの風味が強く感じられた。野菜の旨みが溶け出したスープは適度にとろみがあり、旨みの余韻を舌の上に残してくれる。

次に煮上がった剝《む》き身のはまぐりを頬張る。嚙みしめると極上の汁気が弾《はじ》けて口の中に広がった。濃厚ながらデリケートな貝の味わいによって、豪華な気分に浸ることができた。

「今日も美味しいです」

「それは何よりです」

理恵はオイスタークラッカーを口に運ぶ。サクッとした食感で、塩味が効いている。何の変哲もないクラッカーだけど、強めの塩分とシンプルな小麦粉の味わいがクラムチャウダーを引き立てていた。

「とても優しいお味ですね」

「参考にした本を書かれた料理研究家の方は日本人女性で、一九六〇年代に海外に滞在された経歴もあるようです。現地での経験を基に本格的な西洋料理を日本に広め、ホームパーティー向けの料理でも人気を博したそうです」

店内奥のブラックボードに、はまぐりについての栄養素が解説してあった。骨や歯を作るのに大切なマグネシウムを豊富に含み、鉄や亜鉛などミネラルもバランス良く摂取できるという。また筋力維持に関連するとの報告があるタウリンも摂れるなど様々な栄養素を含有しているのだそうだ。

「節子さんもその本を読まれたのでしょうか」

七〇年代の日本に想いを馳《は》せながらスープを口に運ぶ。スープを吸ったオイスタークラッカーはしんなりと軟らかくなり、ミルク仕立てのスープに馴染《なじ》んでいた。

「片山さんはホームパーティーで、在アメリカ日本大使館で働いていた方を招かれたことがあると仰《おっしゃ》っていました。おもてなしする際にその料理本を参考にして、クラムチャウダーを作った可能性はあるかと思います」

麻野がカウンターの向こうから神妙な表情で声をかけてきた。

「実は理恵さんにお伝えすることがあります」

「何でしょうか」

スプーンから手を離し、麻野と見つめ合う。

「ダイヤが消えた件について、実はある真相に思い当たっています」

やはり推理ができていたのだ。だけど夏織にはわからないと告げた。だから麻野から話題を持ち出してくるとは思っていなかった。

理恵は胸に手を当てて深呼吸をした。

「実を言うと、何となくわかっていました」

麻野が困ったような表情を浮かべる。

「やはり見抜かれていましたか」

「ただし根拠はありません。ただの勘です。露ちゃんみたいに鋭くはありませんが、暁さんに関することだけなら、似たようなことができるみたいです」

麻野が照れくさそうに頬を赤らめた。

「どうやら理恵さんには嘘《うそ》をつけないようですね」

麻野が一九七〇年代の洋食のレシピを参考にして、本日のスープを作ったのは偶然ではないはずだ。きっと節子のことが頭にあったから昔のレシピを調べたのだろう。

麻野が山盛りのハーブを水洗いし、葉を千切ってボウルに入れた。

「理恵さんは盗難現場に居合わせ、一時とはいえ容疑者にもなりました。真相が気になっているでしょうし、知る権利もあると思っています」

「たしかに疑問は抱いています。でも無理に話さなくてもいいのですよ」

麻野が首を横に振った。

「理恵さんにならお伝えして大丈夫だと、僕が勝手に判断をしました」

「わかりました。お聞きします」

麻野が真実を共有してくれると言っているのだ。そのことがありがたかったし、信頼してもらえることも嬉しかった。

「まずは疑問点を整理しましょう」

寸胴から湯気が立ち上り、麻野がにんじんを刻む音が店内に響く。理恵は指折り数えながら、今回の件で気になったことを列挙していく。

「ダイヤを盗んだ方法と、その動機ですね。なぜあの状況で実行したのかもわかりません。節子さんが犯人を不問にしたのも疑問ですし、『私が悪い』と言った意味も気になります。それと自宅を売りに出して姿を消した理由にも関係するのでしょうか」

理恵の口に出した疑問を聞いた上で麻野が明言した。

「それらは全て、ある大きな嘘から派生したものです」

「嘘ですか？」

麻野が手を洗うと、奥の厨房《ちゅうぼう》からセロリを運んできた。そして手際よくみじん切りにしていく。クラムチャウダーに使うのだろう。

「まずは実行のタイミングについてです。直前までダイヤの存在が確認されているため、衛くんがジュースをこぼしたときで間違いないと思います」

「私もそう考えています。その場合、全員の座席の位置から考えると夏織さんの可能性が最も高くなります」

麻野が刻んだセロリをボウルに移し替えた。

「いえ、理恵さんは無意識に、もう一人の候補を外しています」

「もう一人？」

「誰よりも隠すのが簡単な人物です。宝石ケースの目の前に座る節子さんです」

「ええっ」

確かに節子は宝石ケースのすぐ前にいた。全員の意識が衛に集まった場合、節子はみんなの視界から完全に外れることになるだろう。

「でも節子さんはダイヤの持ち主で被害者ですよ」

あの場にいる誰よりも動機がないのだ。

だけど麻野は疑問に答えず、淡々とした口調で話を続けた。

「続いて隠し場所について、結論から申し上げます。それはオイルポットの中だったと僕は考えています」

「オイルポット？」

節子の目の前にはオリーブオイルの入ったオイルポットがあった。

「コップを倒した際、全員の視線が衛くんに集中したはずです。その隙に節子さんは手早くダイヤをつまみ、オイルポットの蓋を開けて落としたのです」

蓋を開ければダイヤのサイズなら問題なく入るだろう。それに一連の動作を手際よく行えば、一秒未満でも充分なはずだ。

「節子さんの近くのテーブルクロスに、染みがあるのを見ていますよね」

「はい、見ました。節子さんはテーブルを汚さないと思ったので、とても意外に感じました。そのせいで記憶に残ったのだと思います」

理恵がパン屑をポロポロとこぼしたことも覚えていた理由なのだけど、関係ないので黙っておくことにした。

「節子さんはオイルポットにダイヤを落とした際に、底に到達したときの落下音を心配したのでしょう。そこで蓋をテーブルに落とすことで誤魔化すことにしたのです。その結果、運良く音が重なったのか、またはオイルで減速したため音が鳴らなかったのか、夏織さんは蓋が落ちる音を聞くことになりました」

「質問があります」

現場にいた人間として大きな疑問を抱いていた。

「あのとき私たちはテーブルの上を隈《くま》なく捜しました。オイルポットのなかにダイヤがあれば、誰かが気づくように思います」

理恵はオイルポットの中まで確認したか覚えていない。だけどあの場の面々はダイヤモンドを見つけるため、入念に調べていたはずだ。ダイヤのサイズは大きかったので、オイルポットに沈んでいても見逃すとは思えなかった。

「屈折率が同じであれば気づかれません」

耳慣れない言葉に首を傾ける。

「屈折率ですか？」

光や音を通す物体が接したとき、境界面でどれだけ屈折するかの比だと、麻野が説明してくれる。たしか物理の授業で習ったような気がする。

「透明な液体に透明な固体を入れた場合、屈折率が同じだとその二つが一体化して、消えたように見えるのです。その性質を利用したのだと思われます」

「そんなことがあるんですね」

節子は片山家に嫁ぐ前、中学で理科を教えていたと聞いている。科学に関する知識を持っていたとしても不思議ではない。

「ダイヤモンドとオリーブオイルの屈折率が同じなんて、全然知りませんでした」

「いいえ、違います」

「ええっ」

理恵は間の抜けた声を出してしまう。

「ダイヤの屈折率は宝石の中でも群を抜いて高く、独自の美しい煌めきの生み出す源となります。オリーブオイルなどの食用油とは屈折率が異なるはずなので、沈めたとしても消えて見えることはないと思われます」

「でも今さっき、暁さんが言ったんじゃないですか」

理恵は混乱していた。すると麻野が悲しそうに目を伏せた。

「それが今回の騒動の原因なのです。世間には食用油と極めて近い屈折率の物質があります。それは……、ガラスです」

麻野が何を言っているのか、理解が追いつかなかった。

節子に見せてもらった石を思い出す。輝きに見惚《みと》れたが、それよりも興味深さのほうが大きかった。美術品を見た感動というより、博物館での驚きに近かったように思う。そもそも理恵は本物のダイヤをあまり見たことがない。

「まさか、あのダイヤは偽物だったのですか？」

「僕はそう考えています」

麻野が悲しい表情でうなずいた。

夏織と彩もダイヤとガラスを見分ける鑑定眼はなかったようだ。見慣れていそうな真由美も宝石に興味がないらしく、私生活では高価な品を持たないと聞いている。

麻野が刻んだ野菜を足元にある冷蔵庫にしまった。

「今回の騒動は全て、ダイヤが本物でなかったことで起きたのです。節子さんが紛失したように装ったのは、その事実を見抜かれないためです」

「でもあの場では誤魔化せていたはずです」

麻野が首を横に振った。

「お茶会には遅れて参加される男性がいましたよね。おそらくそのパートナーの方のご職業が問題だったのです」

麻野に指摘され、理恵は理由に気づいた。

「そうか。鉱物の研究者だからですね」

石が消える直前、真由美にメッセージが届いた。二階堂はもうすぐ到着する予定だったのだ。しかも急遽《きゅうきょ》、新しい恋人を連れてくることになった。その相手は大学で鉱物を研究している人物と言っていた。

「鉱物の研究者であれば、ダイヤモンドとガラスの区別がつくはずです。少なくとも節子さんはそう考えたのでしょう」

鉱物の研究者が来たら、ダイヤが話題に挙がることは想像に難くない。見せるのを拒否したら不自然に思われてしまうかもしれない。節子はどうしても二階堂の新恋人を自宅に入れるわけにはいかなかったのだ。

「でも、どうしてオイルポットに隠したのでしょうか。急な体調不良を訴えるなどして、お茶会を中止にすればよかったのでは？」

「この点も職業を考えれば厳しいはずです」

「なるほど、二階堂さんは内科医でしたね」

二階堂は節子のかかりつけ医なのだ。不調を訴えれば診察するために、到着を早める可能性さえあるのだ。

「鉱物研究者が来ると知って、節子さんは内心でひどく焦ったことでしょう。何としても二階堂さんたちを入れてはいけないと考えたはずです。ダイヤをしまった後に急病を訴えるなどすれば、研究者の方の目に触れずに済んだかもしれません。でもその瞬間に、衛くんがドリンクをこぼしたのです」

その場にいる全員の視線が男の子に集まり、誰も節子に意識を向けていない。蓋の開いた宝石ケースに偽物の石があり、オイルポットも手の届く範囲にある。

節子はあの日、ポケットのない洋服を着ていた。そんな状況でとっさに、オイルポットに隠すという判断を下したのだ。

全てを仕組んだのが節子なのは理解できた。そうなると新たな疑問が湧いてくる。

かつて片山家には多くの著名人が集まった。そんな中で噂になったダイヤモンドが偽物であったとは考えにくい。つまり昔は間違いなく本物だったはずなのだ。

「節子さんはダイヤを手放したのでしょうか」

「そう考えるのが妥当でしょう」

ダイヤを売却したと仮定すると、洋館を売りに出したことにも繋がってくる。節子は金銭的に困っていたのだ。長年大切にしていたダイヤを売却し、洋館からも急に姿を消すことになった。資産状況を推し量るのは難しいけれど、想像以上に苦しかったのかもしれない。

「金銭的な悩みを抱えていたなんて、そんな素振りは一切ありませんでした」

「気づかれないよう慎重に振る舞っていたのでしょう。おそらく誰もが憧れるセレブのイメージを崩さないように」

そんななかで露だけが節子の不安を察知していた。

節子は多くの人の憧れだった。真由美は節子に認められる人間になるよう努力を続けた。夏織も羨望の目を向け、昔話を聞きたがった。彩も別世界を見るような眼差しをお茶会に向け、夏織が勤める会社の社長も一目置いていた。節子を特別な存在と思う人はきっと、この町に今も多くいるはずだ。

そしてきっと節子自身が、憧れの存在であるという自覚を持っていた。そして期待に応えられるような態度を貫こうとした。だからこそガラス製ながら、精巧なイミテーションを造ったのだろう。

華やかな昔の生活を語る節子は活き活きとしていた。輝かしい過去を愛していたのだろうし、憧憬の眼差しを向けられることに幸せを感じていたのかもしれない。かつての栄光に浸ることを、理恵は決して悪いことだとは思わない。

いなくなる直前にお茶会を開いたのは、自分に憧れる人たちの記憶に、優雅な姿を焼きつけるためだったのだろうか。そして節子は華やかなイメージを壊さないまま、何も言わずに突然消えることを選んだ。

理恵は麻野の瞳を真っ直《ま》ぐ《す》に見つめた。

「私を信用して、教えてくれてありがとうございます。この真相は絶対に誰にも明かさないと約束します」

「ええ、お互いに守り抜きましょう」

スプーンを手に取り、スープに先を沈める。そこでふいに節子の真っ直ぐな背中と綺麗な所作を思い出した。

理恵も姿勢を正し、普段よりも丁寧にクラムチャウダーを口に運んだ。

節子は今、穏やかに暮らせているだろうか。不思議なことに時間をかけて味わうと、スープの味がいつも以上に上品に感じられた。

第二話

あなたに
トムカーガイを

1

浜口美智《はまぐちみさと》は大さじ四のサラダ油を熱したフライパンに、小鉢に割り入れておいた卵を優しく滑らせた。じゅっと音がして、白身のふちが一瞬で固まる。

「熱した油の上で直接割り入れると、油がはねて危険です。そっと入れるようにしてください。それからヘラかスプーンで卵に油をかけながら揚げ焼きにしましょう」

美智が調理する手元を、今日は三人の生徒が熱心に見つめていた。熱した油で卵の表面に火を通す。油は泡立ちながら、白身のふちをこんがりと焦がしていく。カリカリに揚げ焼きにするのが現地流だ。

「黄身の固さは、油をかける量や火加減で調整してください。焼き上がったらタイ風目玉焼きのカイダーオの完成です。カイダーオはガパオライスに載せましょう」

フライ返しで持ち上げて油を切り、バットに一旦移す。それからテーブルにあるコンロで、生徒たちに実際に調理してもらう。

美智は自宅である一軒家で料理教室を開いている。教室の名前は浜口クッキングスクールとシンプルにした。住まいの造りは二世帯住宅で、教室として使っているキッチンは一階のリビングダイニングを改築したものだ。

食器棚や花瓶などの調度品はシンプルにして、モデルルームのリビングを再現するようにした。誰でも心地好く調理できる環境を目指したのだ。毎日念入りに掃除し、清潔さを保つのも忘れない。

アイランドキッチンには手本を示すため美智が立っている。そしてキッチンの前に設置した大テーブルを生徒三人が囲んでいた。

教室を開いた当初は、和洋中と何でも教えていた。だけど生徒の要望に応えていくにつれ、現在はエスニック料理の講座が増えている。

今日の課題は鶏ひき肉のガパオ炒めとジャスミンライス、大根とパクチーのサラダ、バナナのココナッツ煮だ。生徒たちが指示に従い、調理を進める。

教える立場で観察していると、料理に性格が色濃く反映されることを実感する。

生徒の一人である小沼菜七子《おぬまななこ》は二十代半ばの女性だ。愛嬌《あいきょう》のある性格で、話しはじめると場の空気がパッと明るくなる。

菜七子がフライパンにサラダ油を入れるとき、表面張力でさじから溢《あふ》れる寸前になるまで正確に量っていた。几帳面な性格が表れているのだろう。

奥谷理恵は、美智より少し下の三十歳くらいの生徒だ。穏やかな雰囲気で、常に周囲に目を配っている。

理恵が小鉢に移した生卵を、熱したフライパンに入れる。その際に勢いがつき、油が数滴はねてしまう。幸いなことに誰にもかからなかったようで、理恵がホッとしている。所作は丁寧だけど、意外にそそっかしいところがあった。

熊岡卓夫《くまおかたくお》は定年を迎えた男性だ。料理をした経験がほぼないため基礎から覚えたいと、自己紹介の際に話していた。大さじと小さじの区別がつかず、フライパンを強火にかけたまま放置するなど、自己申告通り料理には慣れていないようだった。

この三人は『自宅で簡単にできるタイ料理教室』の受講者たちだ。毎週土曜に全四回の予定で、今日は二回目の講義になる。

ジャスミンライスと鶏肉のガパオを皿に盛りつけ、きゅうりの薄切りを添える。そこに目玉焼きを載せればガパオライスの出来上がりだ。サラダとデザートはすでに完成している。レモングラスティーと一緒にトレイの上に並べてテーブルに置く。

「これで本日のメニューは出来上がりです」

生徒たちが拍手をしてくれる。テーブルにはクロスを敷き、スプーンやフォークも丁寧に並べた。テーブルセッティングも料理の一環なので手抜きは許されない。菜七子と理恵はスマホで料理を撮影し、卓夫は満足そうに料理を見つめている。

「では試食をしましょう」

全員で手を合わせてから「いただきます」と声を合わせる。美智はフォークを手に取り、大根とパクチーのサラダを口に運んだ。

「うん、美味しい」

タイ料理のサラダというと青パパイヤを使ったソムタムが定番だ。青パパイヤは細切りにすると瑞々しくシャキシャキとした食感が味わえる。だけど日本では入手しにくいため、大根の千切りで代用することにした。味つけはナンプラーとレモン汁、ピーナッツ、干しエビ、きび砂糖、唐辛子を混ぜたドレッシングを使った。甘さと酸っぱさ、しょっぱさが混ざり合った味わいはエスニック料理の醍醐味《だいごみ》だ。

ナンプラーやパクチーは苦手な人も多い。だけど今回のメンバーはメニューを提示した上で応募してくれた。だから全員が満足そうにタイ料理を食べ進めている。

菜七子が目玉焼きをスプーンで割ると、黄身がとろりと溶け出した。半熟がお好みだったようだ。そして黄身をからめたガパオライスを口に運んで笑みを浮かべる。

「美味しいです。普段はガパオの素を使っているんですけど、一から全部作ると全然違いますね。市販の素だと辛すぎるし」

「今日は私が用意したホーリーバジルを使いましたが、スイートバジルで代用しても充分に美味しいですよ」

浜口クッキングスクールは、本格的な味を簡単に再現できることを特色にしている。本音を云《い》えばホーリーバジルを使ってほしいけど、手軽に買えないのが難点だ。だけどナンプラーは大きめのスーパーで売っているし、ジャスミンライスも大手生活雑貨店で簡単に手に入る。本場みたいな味は知識さえ揃えば手軽に作れるのだ。

卓夫は箸《はし》でサラダを口に運んでいた。仏頂面のせいで気に入っているかわからない。

「熊岡さんはお口に合いますか？」

「ああ、旨いよ。タイ料理は店で食べるものだと思っていたが、自宅でこんな簡単に作れるとは驚きだ」

卓夫は偉ぶった態度がなく、真面目《まじめ》にレッスンを受けてくれる。若い女性を見ると横柄になる高齢男性も少なくないため、最初は無愛想な受け答えに少しだけ警戒していた。だけど杞憂《きゆう》だったとわかって安心している。

「えっ、奥谷さんのお住まい、かなり近いじゃないですか」

「そうだね。どこかですれ違ったことがあるかも」

美智が卓夫と話している最中、菜七子と理恵が自宅が近いことで盛り上がっていた。会話には交ざってこないが、応募時のデータによれば卓夫の自宅も同じ地域だった。

美智の自宅兼料理教室は、最寄り駅から一キロ半の場所にある。駅前とは言いにくい距離だが、住宅街や駅前の高層マンション、団地があるため人口が多い。また最寄り駅の沿線も多くの人が住んでいるため生徒の確保ができていた。

だけど菜七子と理恵、卓夫の三人は、料理教室から二キロ以上南にある駅が最寄り駅だった。東京は都心から放射線状に線路が走っている。そのため異なる路線の駅まで電車で移動するには、都心のターミナル駅で乗り換える必要がある。菜七子と理恵は南北に走るバスを利用し、卓夫は車で料理教室まで来ていた。

先々月くらいから菜七子たちが暮らす地域から、料理教室に関する問い合わせが増えていた。疑問に思っていたが、菜七子たちに質問したことである事実が判明した。

美智は料理教室の広告をフリーペーパーに出している。隔月発行で、配布先は料理教室の最寄り駅を中心にした沿線だけだった。だけどそのフリーペーパーが菜七子たちの自宅のポストに入っていたというのだ。

そのフリーペーパー『はるばる』は地域密着を標榜《ひょうぼう》し、配布エリアを絞っているはずだった。エリアを限定することで地元との繋がりを強化し、部数の見通しを立てやすくして余剰在庫や在庫切れを防ぐなどしていると聞いたことがあった。

これまで何度も『はるばる』に広告を掲載してきた。配布エリアには充分に存在が浸透したらしく、応募は緩やかに減っていた。

だけど知らない間に他の地域にも配るようになったらしい。方針転換の事情は知らないが、顧客の新規開拓に繋がったことはありがたかった。

「そうだ、先生。この前、トムカーガイを恋人に振る舞ったら大好評だったんです。本当にありがとうございました」

菜七子がレモングラスティーを飲みながら笑みを浮かべた。菜七子たちのレッスンは今日で二回目になり、初回に作った料理にトムカーガイがあった。鶏肉とタイの生姜《しょうが》を使ったココナッツのスープで、酸味の効いた味わいはタイ現地ではトムヤムクンに並んで人気の料理だと言われている。

菜七子は以前、恋人に食べさせるために料理を覚えたいと話していた。恋人の好物がエスニック料理なのだという。菜七子が美智に笑みを向ける。

「先生の旦那さんは幸せものですよね。お仕事から帰ってきたら、こんなに素晴らしい料理を食べられるんですから」

美智の夫が会社員であることは、最初のレッスンの雑談で話していた。

「それが夫は東南アジアの料理が苦手なんですよ」

「そうなんですか？」

菜七子が目を丸くする。

「パクチーやナンプラーなどの魚醬《ぎょしょう》が、匂いだけでも駄目なんです。でも私は大好きだから、料理教室に便乗して食べているんですよ」

「もったいないなあ。でもパートナーと味覚が合う合わないって大事ですよね。この前も近所にタイの地方料理のお店ができて、彼氏とぜひ行こうって盛り上がっていたんです。奥谷さんのところってそういう問題ってあるんですか？」

「私の恋人は多分、苦手な食べ物はないと思います。お店で出す料理も、どんな食材でも避けることなく選んでいるはずです」

「お店というと、プロの料理人なんですか？」

美智が訊ねると、理恵がうなずいた。

「実はそうなんです。スープ料理の専門店のシェフなんです」

「もしかしてスープ屋しずくさんですか？」

思わず店名を出すと、理恵も驚いた様子だった。

「ご存じなのですか」

「一度うかがったことがあります。どのお料理も素晴らしくて、すぐに自宅で再現しようと試みたんですよ。だけど作るまでの過程がわからなくて断念しました」

スープ屋しずくで食事をしたときの衝撃は、今でも鮮烈に覚えている。口に入れた瞬間はシンプルに思えるのに、食べ進めると奥深さに圧倒される。職業柄、食べた料理を再現する癖がついている。複雑な工程は経ていないはずなのに、同じ味を作れる気がしない。スープ屋しずくの料理は最高の体験として記憶に刻まれていた。

美智の称賛に、理恵が満面の笑みを浮かべる。

「またぜひいらしてくださいね」

「もちろんです」

「ごちそうさまでした」

会話に交じらず黙々と食べていたためか、卓夫が最初にスプーンを置いた。皿はどれも空になっている。美智は卓夫に訊ねた。

「いかがでしたか?」

「どれも美味しかったが、デザートが好みだった」

卓夫が眉根に皺《しわ》を寄せる。表情が険しいので、満足したのか判断が難しいのだ。

「バナナのココナッツ煮ですね。現地でも定番のデザートなんですよ」

「温かかったが、冷やしても旨いのかな」

「もちろんです。タイでは両方人気です」

ふいに卓夫の口元が緩んだ。

「それは良かった。妻は温かい甘味が苦手でね」

「奥様に作ってあげるんですね」

菜七子が話しかけると、卓夫が苦笑を浮かべた。

「今は別居中だから、すぐには難しいな」

「作ってあげたら、きっと奥様も喜びますよ」

菜七子が明るく言うと、卓夫が照れたように笑った。

卓夫は現在、妻と別々に暮らしているらしい。詳しい事情は本人が語らないのでわからない。料理教室も自炊を習得するために来たようだが、なぜ日常食とは言えないエスニック料理を選んだのかは謎だった。

全員が食べ終え、協力して後片付けをする。洗い物や後始末も料理の一部というのが美智の考え方だ。キッチンやテーブルの拭き掃除も済ませればレッスンは終了だ。

「お疲れさまでした。今日の経験が皆様の日々に彩りを添えられたら幸いです。では次回もよろしくお願いします」

「ありがとうございました」

生徒たちが一階の玄関を出ていく。卓夫は自宅前の駐車場に置いたセダンに乗って帰っていった。菜七子と理恵はバスで帰るため、バス停まで歩いていった。

全員の姿が見えなくなったところで、深く息を吐いた。今日も無事に終えることができた。

誰かに何かを教えるためには、常に気を張る必要がある。些細《ささい》な失敗でも極力避けたい。だけど分量の間違いなどの初歩的な失敗は定期的に犯してしまう。だからミスのなかった今日などは大きな達成感と安堵《あんど》感が生まれるのだ。

家の入り口前に、浜口クッキングスクールと書かれた手作りの看板が置いてある。その横にラックが置かれ、教室の宣伝が掲載されたフリーペーパー『はるばる』が積まれている。ひさしがあるため雨は凌《しの》げるようになっていた。

この『はるばる』は近隣の住民が半ば趣味的に作っているものだった。様々なお店の紹介や地域の活動の特集など内容は多岐に亘《わた》る。編集長は結婚を機に引退したプロの雑誌編集者で、会社員時代の縁でフリーライターやデザイナーが集まったらしい。そのため誌面のクオリティはプロ水準だった。

引っ越してすぐにフリーペーパーを気に入り、料理教室の広告を何度も掲載してもらっている。地元のファンが多いらしく、生徒の獲得に役立ってくれた。そして掲載した縁もあって、自宅前に配布のためのラックを置いた。

美智の自宅は住宅街にある。通行量はそれなりにあるけれど、フリーペーパーを手に取る人はそれ程でもないはずだった。だけど先々月くらいから、妙にフリーペーパーの減る速度が早かった。補充をお願いすると、編集長も驚いている様子だった。

リビングに戻って最後の点検をする。生徒が忘れ物をすることは珍しくない。なぜかわからないけれど冷蔵庫の中にスマホが置いてあったこともある。各所を指差し確認していた美智は、食器棚の上に奇妙なものを発見した。

「どうしてここに？」

花瓶の陰にカードケースが置いてある。黒の本革製のもので、見覚えがあった。夫の康太郎《こうたろう》の持ち物で、美智がプレゼントしたものだったのだ。

数日前、夫がカードケースを失くしたと落ち込んでいた。クレジットカードや免許証など重要なものは財布の中で無事だが、診察券やポイントカードなどが入っていたという。中身を確認すると、間違いなく夫のものだった。診察券や会員カードのほかに、料理教室の名刺もある。康太郎は美智の料理教室の宣伝に熱心で、仕事先でも話題に挙がると相手に料理教室の名刺を渡すことがあるそうなのだ。

だけどカードケースが料理教室の棚の上にあるのは不思議だった。

夫婦は普段、二階だけで生活している。玄関も二階にあり、一階は料理教室のためだけに使っている。そのため康太郎が一階に来ることは基本的にないのだ。

加えてレッスン前に念入りに掃除をしている。棚の上は拭いたし、花瓶に季節の花も活けた。カードケースに気づかないはずはないのだ。

レッスン開始から終了まで、出入りしたのは美智と生徒だけになる。つまり三人の誰かがカードケースを置いたとしか考えられなかった。

片付けの時間に、全員が食器棚の前まで往き来している。誰でも置けるタイミングはあった。だけどレッスンの様子は撮影していないので特定は難しいだろう。

階段で二階に上がる。一階と二階は生活を完全に分けることができるけれど、階段で往き来は簡単にできる造りになっていた。

康太郎はリビングで難しそうな本を読んでいた。システムエンジニアをしていて、新しい技術を日々学ぶ必要があるらしい。

「康太郎、ちょっといい？」

「なに？」

体格は中肉中背で、髪の毛は生まれつき癖毛だ。まんまるの大きい目は、少年のような輝きがあった。

「これが一階のリビングにあったんだ」

美智がカードケースを掲げると、康太郎が目を大きく開いた。

「ええっ、そんなとこにあったの？」

康太郎が本を閉じて近づいてくる。差し出された手にカードケースを置くと、康太郎が戸惑った様子で受け取った。

「一階に行くなんて珍しいね」

「そうかな。荷物を取りにたまに下りるけど」

康太郎がしきりに首を傾げている。態度や表情から困惑が伝わってくる。康太郎にとっても一階で発見されたのは想定外だったようだ。

康太郎を注意深く観察する。本人の言う通り一階に行くこともあるのだろう。だけどカードケースを持ったまま下りる状況が想像できない。おそらく康太郎は何かを隠している。これは夫に長年連れ添った妻としての勘だった。

康太郎がカードケースを置き、美智に笑いかけた。

「今日も教室お疲れさまでした」

「ありがとう。そういえば参加者の一人にスープ屋しずくのシェフの恋人がいたんだ。前に一緒に行ったのを覚えているかな」

「ああ、あの店か。すごく旨かったよな。また行きたいな」

康太郎が笑みを浮かべる。その和やかな表情に、『何か隠していない？』と質問をぶつけようとした。だけど美智にはどうしても口を開くことができなかった。

2

美智は子供の頃から、料理の仕事をするのが夢だった。

高校卒業後は地方にある実家を離れ、都内の和食やフレンチ、タイ料理店を渡り歩いた。そして有名ホテルのレストランで働きはじめた頃に康太郎と知り合った。

ホテルでの仕事は充実していた。シェフは厳しかったけれど、成長を実感できた。二十代半ばにして大きな仕事を任され、慕ってくれる後輩もできた。

だけど力仕事で無理がたたったのか、腰と膝を痛めてしまう。長期間の治療が必要となり、仕事を辞めざるを得なくなった。

落ち込む美智を康太郎が支えてくれた。

「今の美智には休息が必要だよ。まずは自分の身体を治すことを専念してほしい。生活は俺が支えるから気にするなって」

気持ちが弱っていた美智にとって、康太郎の言葉は救いだった。一緒に暮らしてからしばらくしてプロポーズされ、康太郎と入籍した。それから専業主婦として働く夫を支えていった。

そんな折に、思わぬ連絡が届いた。東京に住む遠縁の女性の遺産を、美智の両親が相続することになったのだ。

親に頼まれて住まいを見に行くと、暮らしやすそうな二世帯住宅だった。

遠縁の女性は二階で夫と暮らし、一階に夫の両親が住んでいたそうだ。だけど相次いで亡くなり、身寄りがなかったため現在は空き家になってしまったのだ。

当時住んでいたマンションは老朽化が進み、引っ越しを検討しているところだった。そこで康太郎との間に、この一軒家に引っ越す話が持ち上がった。最寄り駅までが若干遠いけれど、駅まで着けば康太郎の職場へのアクセスも悪くない。

「駅までは自転車を使うことにするよ。雨の日は美智に車で送ってもらえばいいし、何より俺はこの近辺に馴染みがあるから引っ越しは賛成だよ」

康太郎は大学時代、この一軒家から二キロほどにある駅の近くで暮らしていた。当時も自転車を愛用していたため、一軒家のある付近も行動範囲だったらしいのだ。

美智は両親の了解を得て転居を決めた。

康太郎は自転車を駅前に駐《と》め、電車で出勤するようになった。康太郎は朝にしっかり食べると眠くなる体質で、パンとコーヒーだけで済ませる。そのため美智は夫を見送ってから食事を摂り、家事やリハビリをこなす生活を過ごすようになった。

引っ越してすぐに、ワンフロアだけで生活が事足りることがわかった。二階で過ごすことに決めたけれど、一階の扱いに悩むことになった。

そこで料理教室というアイデアを閃《ひらめ》いた。

腰と膝は順調に回復しているが、長時間の立ち仕事には不安がある。飲食店で働くのは厳しいけれど、教えるくらいなら問題なさそうだった。

夫に相談すると、手放しで賛成してくれた。

「俺も美智に料理の仕事に復帰してほしかったんだ」

さらに康太郎は自分の貯金から改装費や初期費用を出すと申し出てくれた。驚くことに美智が飲食店の独立開業するのを見据え、お金を貯《た》め続けていたというのだ。

「絶対に全部返すから」

「夫婦のことなんだから必要ないって」

康太郎の全面的な支援のおかげで、料理教室を開業することができた。実績も地縁もないため最初は苦戦した。だけどチラシの配布やＳＮＳでの宣伝、『はるばる』への広告掲載など営業活動を続け、地道に生徒を増やしていった。

教室を開くに当たって、レッスン内容の方針を決めた。

多少失敗しても挽回《ばんかい》できて、美味しさのツボはなるべく外さない。大河弘子《たいがひろこ》という有名な料理研究家の本などを参考に、初心者でもわかりやすい内容を目指した。

最初は和食や洋食など要望があれば何でも教えた。だけど次第に生徒から、エスニック料理を希望されるようになった。浜口先生のタイ料理は、普段なら苦手なのに不思議と食べやすい。そんな風に言ってもらえることが増えたのだ。

康太郎は今でもエスニック料理が食べられない。それは好き嫌いだから仕方ないと思う。だけどいつか夫でも口に入れられるようなレシピを開発したい。そう考えて、苦手な人でも大丈夫そうな料理を考えてきた。それが多くの人に受け入れられることに繋がったのかもしれない。

常連さんがご新規さんを誘い、新たなリピーターが生まれる。歯車が動き出すと、驚くほどに順調に進むものらしい。半年くらい前からたまにキャンセル待ちが出るまでになり、黒字が続くようになった。夫婦は共有の口座に毎月一定額を入金し、生活費に充てている。今では夫と同額を毎月入金できるまでになった。

美智の毎日は充実していた。

だけど心のなかにずっと負い目があった。

一度、夫に改装費を返したいと申し出た。だけど「気にしないで」と笑って相手にしてくれなかった。そのため新たに口座を作って貯めるようにしていた。

料理教室をはじめてから半々にしていた家事も、準備で忙しい日は夫が多めに負担してくれるようになった。

自宅で料理教室をする場合、家族の理解が大切になる。だけど夫は階下に不特定多数の人が来ることについて、不満を漏らしたことは一度もない。

あまりにも夫に頼り切りだった。今の自分があるのは康太郎のおかげだ。それなのに何も返せていない。夫のことは心から愛している。だからこそ夫が何かを隠していたとしても、追及するなんてできるはずがなかった。

都心への電車に揺られ、地下鉄駅で下車する。待ち合わせの時刻は午後七時だ。改札を抜けた先に、革のブルゾンを羽織った康太郎が壁際でスマホを見ていた。

最近なぜか、康太郎が格好良く感じる瞬間が増えた。その理由を遠目で見てわかった。数ヶ月前よりも身体が引き締まっていたのだ。

自動改札機を通り過ぎて近づくと、気配を察知したのか顔を上げた。

「やあ、お疲れ様」

「お待たせ。康太郎、ちょっと痩せた？」

「そうかな」

二人で並んで歩き、地上へ向かう階段を目指す。

「うん、あごのラインも細くなった気がする」

「それなら仕事が忙しいせいかも」

「無理はしないでね」

康太郎の職場は多忙で、月に何度かは帰宅が午後十時を過ぎる。加えて最近は三十分ほど早く出勤するようになっていた。その分、給料は高いのだけど、身体だけは壊してほしくなかった。

ただし、考えたくはないけれど、康太郎が万が一働けなくなっても家計に問題はない。半年ほど前から料理教室の経営は軌道に乗り、経費を差し引いた利益が以前から聞いている夫の給与を上回るようになったのだ。

地上に出るとすっかり暗くなっていた。ビル群の窓に明かりが点《つ》いている。スーツ姿の男女が急ぎ足で歩道を進んでいる。

今日は康太郎の会社帰りに合流し、一緒に夕ごはんを食べることになっていた。先日、理恵がスープ屋しずくのシェフの恋人だという話を聞き、夫婦ともにまた行きたくなったのだ。康太郎が定時に帰れるというので、早速予約をしたのだ。

高いビルの合間に薄暗い路地が延びている。そこに入った途端に、都会の喧騒《けんそう》が急に静かになる。進むと真新しいビルに挟まれた古びた四階建ての建物が見えた。

一階は壁が煉瓦《れんが》風のタイルで、店先に植物が植えられている。よく見るとどれもハーブで、オリーブの樹も植わっている。半年前に立ち寄ったときはオリーブの樹はもっと小さかったけれど、その間に成長したようだ。

ドアのあたりを暖色の明かりが照らし、窓の中から光が漏れている。康太郎がドアを開けるとベルが鳴り、程よい喧騒が店内からあふれてきた。

「いらっしゃいませ」

伸びの良い声が出迎えてくれる。ホールにいるのは以前も接客してくれた、茶色の髪をつんつんに立たせた四十代前半くらいの男性だった。白いリネンのシャツに濃い茶色のパンツというシンプルな服装だ。

二名で予約の浜口だと名乗ると、茶髪の店員がカウンター席に案内してくれた。テーブル席が埋まっていることは予約時に聞いていた。美智と康太郎は隣り合って席に座り、メニューを眺める。

スープ屋しずくについて来店前にネットで検索してきた。

ランチは野菜がたっぷり摂れるポトフやコーンポタージュなどが人気で、秋ごろに加わったスープカレーが好評を博しているようだ。欧風カレーとスープカレーの長所が融合した唯一無二の味わいなのだという。

ディナーは煮込み料理を中心に、ビストロのような利用の仕方ができるらしい。グランドメニューの他に、本日限定の手書きのメニューも充実しているようだった。

「どれにする？」

「煮込み料理は食べたいよな」

夫婦で相談して、本日のサラダとスープドポワソン、そして猪肉《いのししにく》の赤ワイン煮込みに決める。美智はハウスワインの白、康太郎はグラスビールを選んだ。

先ほどの店員がビールとワインを運んでくる。今日、ホールにいるのはこの店員だけのようだ。夫婦で乾杯をしてからグラスに口をつける。リースリングの白ワインは酸味と甘みのバランスが良く、口当たりが柔らかく飲みやすかった。

店内を見渡すけれど、理恵の恋人だというシェフの姿が見えない。奥の厨房からたまに声が聞こえるので料理に集中しているのだろう。

「お待たせしました。春野菜のサラダです」

カウンター奥から平皿が置かれた。グリーンの陶器製の皿に艶やかな菜の花が盛られ、細切りの生ハム、そして柑橘《かんきつ》の果実と絡められている。

「サッと茹《ゆ》でた菜の花と生ハム、そしてはっさくをオリーブオイルと塩胡椒《こしょう》で和えたサラダです。旬の菜の花のほろ苦さと柑橘の酸味、生ハムの旨味によるマリアージュをお楽しみください」

店員は一見すると派手な外見だけど、口調や所作にどこか品があった。

「面白い組み合わせだね」

「どんな味だろう」

美智は料理教室のレシピに日々悩んでいる。情報過多の時代、ほとんどのレシピはネットで検索できる。だからこそ料理教室に通うだけのメリットを提供しないと、顧客はついてこない。そのため意外な組み合わせの料理を見かけると注文せずにはいられなかった。

フォークを使い、菜の花と生ハム、はっさくを一緒に口に運ぶ。

「うん、美味しい」

嚙み締めるとまず、菜の花の春らしいほろ苦さが口いっぱいに広がる。はっさくの酸味と風味、そして柑橘類特有の苦みが思いがけない調和を生んでいる。そして生ハムの程良い脂身が適度に苦さを緩和している。黒胡椒の辛みが全体を引き締め、オリーブオイルのフルーティな香りがサラダとしての統一感を作っていた。

続いて店員がスープドポワソンを運んできてくれた。

「旬の魚を使ったスープです。本日は鰆《さわら》とカサゴをメインに使っております」

小ぶりなお椀《わん》にオレンジ色のスープが盛りつけられている。頼んだ料理を一人分に分けてよそってくれたのだ。

金属のスプーンで口に運ぶと、魚介の旨味が舌の上で暴れ回った。

「うわ、魚介の味が濃厚だね」

トマトベースのスープに、魚介の旨味が凝縮されている。香味野菜やハーブの風味もあるけれど、主役はあくまで鰆とカサゴだ。密度が濃いけどしつこくなく口当たりが優しい。すぐになくなってしまったけれど、少量ながら充分な満足感がある。

「美味しかったね」

「このスープだけで丼《どんぶり》一杯飲みたいくらいだ」

美智にはちょうどよい量だったけど、康太郎はもっと欲しいくらいだったようだ。

そこでドアベルが鳴った。新規客が入ってきたか、誰かが店から出たのだろう。

聞き覚えのある声に顔を向けると、理恵がドアを閉めるところだった。

「先生？」

「あれ、お知り合い？」

店員が親しげな様子で理恵に訊ねている。

「はい、最近通いはじめた料理教室の先生なんです」

「そういえば料理を習いはじめたって言っていたね」

店内の空席は美智の隣しか空いていなかった。店員から隣でもいいかと聞かれたので、当然うなずく。すると理恵が会釈をしてから座り、康太郎にも頭を下げた。

「浜口先生にはお世話になっております。奥谷理恵と申します」

「はじめまして。美智の夫の康太郎です」

そこでふと違和感に気づいた。理恵が康太郎の顔をじっと見ていたのだ。そして小さく首を傾げてから、ハッとした様子で顔を逸《そ》らした。

理恵の態度は明らかに変だった。何か気になることがあったのだろうか。

「お待たせしました。猪肉の赤ワイン煮込みです。熱いのでお気をつけください」

小さな土鍋が置かれ、赤ワイン煮込みがぐつぐつと音を立てる。芳《かぐわ》しい香りが湯気と一緒に立ち上り、美智は余計なことを考えるのをやめることにした。赤ワイン煮込みは汁気が少ない場合もあるけれど、具材と汁のバランスはシチューに近いようだ。一緒にフランスパンのスライスも添えられている。

取り分け用のスプーンで、自分の小鉢に煮込みを移す。大きなバラ肉の塊は軟らかく煮込まれ、スプーンで簡単に二等分にできた。ついでに康太郎の分も盛りつけ、自分のスプーンに持ち替える。

バラ肉の赤身と脂身をスプーンに取り、煮汁と一緒に口に運ぶ。

軽く噛んだ瞬間、猪肉が口のなかで崩れた。繊維状になった赤身が煮汁と脂身と絡む。そして脂身の味わいが素晴らしかった。くどさは一切なく、ナッツのような風味も感じられる。甘さの質が自然で軽やかなのだ。

猪の旨みが溶け出した煮汁も濃厚なのにさらりと喉元を通り過ぎた。フランスパンを浸してかじると小麦の味が肉汁の風味を受け止め、とびっきりの美味しさになる。隣では康太郎も満面の笑みで食べ進めていた。

「本当にいい店だなあ。近所にあったら週一で通いそうだ」

「そうだね」

康太郎は健やかに笑っていて、自分が恵まれていることをあらためて実感する。ふとカードケースの件が頭をよぎる。だけど忘れるのが一番だと思い、心の中から追い払った。赤ワイン煮込みを食べると、先ほどより渋みが増している気がした。

美智は片側二車線の道を車で走行していた。都内にあるタイ料理食材の専門店で、現地から直輸入された食材を仕入れた帰りだった。最近はネットでほとんど購入できるが、なるべく自分の目で選ぶようにしている。時刻は午後五時半で、あたりは薄暗い。三月半ばになり、だんだんと日も延びてきた。

康太郎から連絡があって、残業のため遅くなるらしい。夕飯は会社近くで済ませるようだ。一人だけの夕飯は、冷蔵庫の中身を見てから作ることに決めていた。

前方を走る車が速度を緩め、美智も合わせる。遠くの信号機が赤になっていた。

ふと窓の外を見ると、ＴＨＡＩＬＡＮＤと書かれた看板が見えた。営業開始しているようで電飾が輝いている。少し前に新しい店が出来たと聞いたことがあった。イサーン地方の料理がメインで、コアなファンの注目を浴びているという。

「……あれ？」

店の前に一台の自転車が止まっている。康太郎の愛車にそっくりだった。

康太郎は毎朝、クロスバイクで自宅から駅に向かう。駐輪場に置いてから電車に乗り換えて出社するのだ。

車体は青色で、ハンドルやタイヤは黒色だ。そして車体にシルバーの反射ステッカーが貼られている。ランダムに何枚も貼られたステッカーは光を拡散し、暗い夜道で目立ってくれるのだ。そのステッカーの位置に見覚えがあった。

さらにダイヤル式の自転車のチェーンロックが車体に巻きつけてある。チェーン部分がネイビーの布で覆われたデザインも康太郎の所有物と同じだった。

だけど今の時間、康太郎は会社で働いているはずだ。外回りの仕事もないから、こんな場所にいるはずがなかった。

タイ料理屋の建物を見る。一階が店舗で、二階より上はオフィスのようだ。左右の建物はマンションで、正面玄関の脇に住民用の駐輪場があった。

そこでクラクションが鳴った。信号が青に変わり、前方の車はすでに発進している。後続車両が再びクラクションを鳴らし、慌ててアクセルを踏んだ。急発進になったせいでシートに押しつけられたような感触があった。

康太郎はエスニック料理が苦手だ。さらにイサーン料理は癖が強いとされている。

食べられるものはほとんどないだろう。タイミングを見計らってUターンして、来た道を引き返した。見間違いという可能性もあるため、もう一度自転車を確認しようと

タイ料理屋が近づき、可能な限り速度を緩める。だけど自転車はすでに消えていた。

「そういえば、ここって……」

タイ料理屋があるのは理恵や菜七子、卓夫が暮らす地域だった。菜七子も近所にタイの地方料理の店ができたと話していたはずだ。

なぜ康太郎の自転車があったのだろう。

あの三人のうち誰かが、カードケースを置いていったかもしれないことと関係があるのだろうか。思い悩むうちに車は進み、気がつくと自宅から遠ざかっていた。

3

奥谷理恵と小沼菜七子、熊岡卓夫が料理教室にやってきた。この日のメニューはグリーンカレーとガイヤーン、そしてソムタム・ポラマイの三品だ。

美智特製のグリーンカレーはタイの市販のカレーペーストを使う。そこに鶏肉とピ

ーマン、茄子《なす》、そして大根を加える。大根を意外に思う人も多いけれど、相性が良いと評判だった。タイ風焼き鳥のガイヤーンは調味料に漬け込んだあと、魚焼きグリルで調理する。直火で焼くことによって香ばしさが段違いになるのだ。

ソムタム・ポラマイはサラダとデザートの中間みたいな位置づけだ。イチゴやはっさく、リンゴ、フルーツトマトをざく切りにして、干しエビやピーナッツを加え、ナンプラーやレモン汁、砂糖で和えるというレシピで、スープ屋しずくで菜の花のサラダを食べたことがきっかけで作ろうと思い立ったのだ。

レッスンも三回目になり、生徒たちの手際は明らかに良くなっていた。最初は慣れていなかった卓夫も、調理の合間に手が空いたら洗い物をするようになった。

完成したら全員で食卓を囲み、大根入りグリーンカレーやガイヤーンを堪能する。卓夫は当初、サラダに果物を入れることに面食らっているみたいだった。だけど一口食べて気に入ってくれたようだ。

食べている途中、菜七子が気になることを言い出した。

「このソムタム・ポラマイっていうお料理、近所に出来たタイ料理屋さんにありますよ。そのお店は彼氏が気に入っちゃって、最近よくデリバリーを頼むんです」

菜七子に言われ、ソムタム・ポラマイがイサーン料理だったと思い出す。すると珍しく卓夫が会話に入ってきた。

「店の名前を教えてくれないか。俺も出前を取ってみたい」

菜七子が目を丸くする。

「熊岡さんもフードデリバリーを頼まれるんですね」

「スマホの操作は苦手だが、妻が頼み方の手ほどきをしてくれたんだ。スーパーの惣《そう》菜《ざい》ばかりだと知って気の毒に思ったようだ」

「一度覚えちゃうと結構簡単ですよね」

「そうだな。だがなんでもスマホで済ませられるのはまだ不安でね。キャッシュレス決済が苦手だから、未《いま》だに現金で支払っているよ」

フードデリバリーではクレジットカードや電子マネーで決済すれば、現金のやりとりが不要になる。だけど現金でのやりとりにこだわる人も根強くいるのだろう。

「でもやはり出前ばかりでは栄養は偏るし出費も大きい。だから教室に通って、料理を覚えることにしたんだ。妻からはいきなりタイ料理なんて、何を考えているんだって呆《あき》れられたけどな。でもせっかく覚えるなら変わったものにしたくてな」

「奥様とは定期的にお会いしているのですか？」

理恵の質問に、卓夫が微笑みを浮かべた。

「せいぜい月に一度だな。今は遠方にある実家で、九十歳になる母親の世話をしている。最期くらいは看《み》取りたいらしくてね。実のところ夫婦仲がぎくしゃくしていたから、お互いにいい機会だと思っているよ」

卓夫がグリーンカレーを口に運び、ゆっくり咀嚼してから飲み込んだ。それからなぜか卓夫は、視線を理恵ではなく美智に向けた。

「少し距離を置きたいと、家を出るときにあいつに言われたよ。思えば妻とはずっとまともに話そうとしてこなかった。最初は戸惑ったが、離れたおかげなのか今では良好な関係を保てている。もしも女房が戻ってきてくれたら、今度はもっと夫婦の会話を増やそうと思っているよ」

理恵が卓夫に微笑みかけた。

「そのお気持ちは、きっと奥様にも伝わると思います」

「そうだといいがな」

卓夫が気恥ずかしそうに苦笑いした。それからまたもチラリと美智に視線を向けた。もっと夫婦の会話を増やそうと思っている。その言葉が心に深く突き刺さった。

平皿の泡を洗い流し、水切りかごに置く。理恵がふきんで拭き取り、背後にある食器棚にしまった。美智はシンクの皿を手に取る。すると持ち上げた瞬間に指が滑ってしまう。運悪くガラスのコップと衝突し、甲高い音が鳴り響いた。

「あっ」

ガラスのコップが割れてしまう。幸いなことに破片が飛び散った様子はないが、どこに落ちているかわからない。理恵が心配そうに声をかけてくる。

「お怪我《けが》はありませんか?」

「はい、大丈夫です。失敗しちゃいました」

美智はビニール袋を用意し、割れたガラスを入れる。テーブルを拭いていた菜七子や、洗い終えた皿を棚に並べている卓夫も心配そうにしている。ガラス片を確認してから、洗い物に戻る。

「お騒がせしました」

生徒の前で失敗すると落ち込むけど、努めて明るく振る舞うことに決めていた。教える側に余裕がないと、生徒も不安を感じてしまうはずだ。

理恵が水切りかごの皿を丁寧に拭きながら言った。

「もしかしてお疲れではないですか?」

「えっ」

美智は最近、夫のことで思い悩む時間が増えた。睡眠時間も減っているけれど、隠せていると信じていた。理恵が心配そうな眼差しを向けてくる。

「料理教室のお仕事は、いつも大変そうだなって思っています。素晴らしいレシピを考案し、教室も掃除が行き届いています。食材の選定にも気を遣っていますよね。さらに家事も加われば、心身共に休まる余裕なんてないかと思います」

「いえ、お金をいただいている以上は当然ですよ」

理恵の心配はありがたかったが、仕事を評価してくれることが何より嬉しかった。

理恵が丁寧にお茶碗《ちゃわん》の水滴を拭き取る。

「実は私には仕事で疲れたときに、必ずいただく食事があるんです。すっと心と体が楽になって、またがんばろうって気持ちになるんですよ」

理恵の慈しみに満ちた表情に、その料理に興味を抱いた。

「どんな料理なのですか？」

「スープ屋しずくの朝ごはんです」

「朝ごはんですか？」

美智は以前、スープ屋しずくについてネットで調べた。その際には営業時間は昼と夜だけだと書いてあったはずだ。

「あまりおおやけにはしていないのですが、実は平日の朝にもお店を開けているんです。メニューは日替わりで一種類のみですが、絶品のスープが味わえますよ」

理恵の声が急に小さくなった。内緒話みたいな語り口は特別な感じがあって、美智は思わず喉を鳴らす。スープ屋しずくはディナーでしか訪れたことがない。だけどあの店のスープを朝にも味わえるのはきっと幸せなことに違いない。

「誰でも入れるのですか？」

「もちろんです。ご興味があれば、先生もぜひお召し上がりください」

「そうですね。行ってみたいです」

そう返事はしたけれど、内心では難しいように感じられた。都心にあるスープ屋しずくに早朝から立ち寄るような用事が思いつかない。

お喋《しゃべ》りをしながら進めたおかげで、皿はあっという間に洗い終えた。シンクの掃除をしてから、蛇口の水で丁寧に手を洗った。

理恵たちが帰ったあと、片付けを済ませてからリビングに戻る。コップを割ったこ

とを反省していると、『はるばる』の編集長から電話がかかってきた。

「浜口さんの教室に置いてもらった分ですが、前回の倍をお願いしたいんですよ」

前回の預かった分は途中でなくなり、何度か補充をお願いした。だけど駅から離れ

た住宅街の料理教室で、手に取る人が多い理由がわからなかった。

「えっと、もう少し様子見したほうがいいかと思います」

無闇に部数を増やし、余らせてしまう可能性もあるのだ。美智がそう言うと、編集

長は残念そうにしながら引き下がった。

「承知しました。足りなくなったらご報告ください」

「少なくなったらすぐにご連絡しますね。『はるばる』さんの広告には本当に感謝しています。遠くの地域までポスティングしてもらったおかげで、新しい生徒さんが来てくださったんですから」

「へえっ？」

電話の向こうから裏返った声が聞こえた。美智は困惑しながら、二キロ先にある駅周辺からの生徒が増えたことを伝える。すると編集長も戸惑った声音で答えた。

「その地域ではポスティングしていませんよ」

「でも……」

菜七子と理恵、卓夫はポスティングされたフリーペーパーを読んで申し込みをしてきたはずだ。だが編集長が言うには今も沿線に絞っているというのだ。

電話を切り、深く息を吐く。今日は土曜だが、康太郎は休日出勤で朝から出かけていった。このところ忙しいらしく、土日に家を空けることが増えている。

最近、奇妙なことが多い気がする。個別に見ると些細だけど、重なることで息苦しさに変わっていた。

――そこの料理を食べるとすっと心と体が楽になって、またがんばろうっていう気持ちになるんです。

理恵の言葉を思い出す。スープ屋しずくの朝ごはんを食べたら、この心の重さも少しは軽くなるだろうか。美智はスマホのアプリを開いて予定を確認した。

美智は康太郎をスープ屋しずくの朝ごはんに誘った。だけど普段から朝食をあまり摂らないため断られてしまう。そこで美智だけ早起きして行ってみることになった。

普段より早起きして家を出ると、外はまだ薄暗かった。見知った景色が別の顔を見せるなか、都心に向けて車を走らせた。

店は都心の駅前にある。予約していた駐車場に車を置いて徒歩で向かう。

朝の六時半はまだ街が本格的に動き出していない。道行く会社員の数も少なかった。スープ屋しずくのある路地は街灯がほとんどなくて薄暗い。本当に営業しているのか不安になりながら進むと、店先に明かりが灯っていた。

ドアを開けると、ベルの音が鳴った。足を踏み入れる美智の鼻先を、ブイヨンの香りがふわっと通り過ぎる。

「おはようございます。いらっしゃいませ」

柔らかな挨拶が出迎えてくれる。聞き覚えのある声音だった。ディナーの時間、ホールの男性に対する返事が奥の厨房から何度も聞こえてきた。おそらくこの男性が理恵の恋人であるスープ屋しずくのシェフなのだろう。

「あれっ、先生じゃないですか」

カウンター席に理恵が腰かけている。常連とは聞いていたが、偶然鉢合わせるあたり、かなりのヘビーユーザーなのだろう。

「おはようございます。せっかくなので来ちゃいました」

「ご一緒できて嬉しいです」

理恵の隣に腰かけると、シェフがカウンター越しに話しかけてきた。

「お知り合いなのですね」

「最近通っている料理研究家の先生なんです。エスニック料理が得意で、色々なコツを教わっているんです。あっ、こちらはスープ屋しずくの店長の麻野さんです」

「はじめまして、麻野と申します」

麻野と理恵の間に、親しげな空気が漂っている。

「おはようございます。浜口美智です。実はこちらのディナーには何度かお邪魔したことがあるんですよ」

「そうだったのですね。いつもありがとうございます。本日はバジルのポタージュですが、よろしいでしょうか」

「はい、お願いします」

理恵から朝営業は日替わりで一種類だと聞いている。スイートバジルとホーリーバジルという品種の違いがあるけれど、タイ料理でもガパオライスで使用する。よく使うからこそ、ポタージュになるなんて想像できなかった。

理恵から朝営業の説明を受ける。朝はパンとドリンクがセルフサービスで自由に取っていいらしい。パンは店に入って右手側にかごで盛られていた。白パンやイングリッシュマフィンなど種類は豊富で、美智はシンプルなフランスパンのスライスを選んだ。ドリンクはオレンジジュースをグラスに注いで席に戻る。

カウンターの向こうで、麻野が寸胴の前に立った。そしてレードルで鍋の中身を取っ手付きの大きなスープカップに注ぎ、美智の前に置いた。

「お待たせしました。バジルのポタージュです」

丸っこいスープカップに淡い緑色のポタージュがたっぷり盛りつけられ、表面に千切った生のバジルが浮かんでいる。ふわりと漂う香りは意外に柔らかだ。

「いただきます」

木の匙を手に取り、ポタージュをすくって口に運ぶ。ポタージュは熱すぎず、かといってぬるいと感じない絶妙な温度だ。

滑らかな口当たりはじゃがいも由来の自然なとろみなのだろう。牛乳の風味も感じられ、自然な甘みとブイヨンの味わいが舌の上に広がった。それからバジルの香りがほのかに感じられた。

「優しいお味ですね」

「ハーブを前面に押し出すと、朝には少し個性が強いと思って控えめにしました」

ポタージュの主役はあくまでじゃがいもとブイヨン、香味野菜などのようだ。そこにバジルの爽やかな香りが自然に溶け込んでいる。ただし控えめだけど存在感はある。生の葉が持つ青臭さは牛乳がうまくマスキングしてくれているのだろう。

「素晴らしいバランスですね」

「本職の方に褒めていただけて光栄です」

麻野がにっこりと微笑む。美智も元料理人であり、料理教室のためにレシピを考え続けている。だけど料理人としての腕前は敵《かな》わないと素直に思えた。

「スープ屋しずくでは、食材の栄養についても紹介しているのですよ」

理恵に声をかけられ店内奥に目を向けると、壁に黒板が提げられていた。そこにはバジルの栄養成分について解説が書かれていた。

「へえ、カルシウムが摂れるんですね」

バジルはカルシウムが豊富で、多く含まれる野菜とされる小松菜よりもグラム当たりでは上なのだという。またシネオールやリナロール、オイゲノールなどの香り成分を含み、自律神経を整える効果が期待されるそうだ。

ポタージュを味わっていると、カウンターの奥にある引き戸がわずかに開いた。そして女の子が顔を出して様子をうかがうと、店内に入ってきた。

「おはようございます」

「おはよう、露」

「露ちゃんおはよう」

露と呼ばれた少女は美智にも「おはようございます」と小さくお辞儀をした。返事をすると、恥ずかしそうにしながらカウンターの理恵とひとつ席を離し椅子に腰かけた。美智と理恵が隣り合っていたから気を遣ったのかもしれない。

「店長の娘さんです。ここでよく一緒にごはんを食べるんですよ」

理恵が小声で説明してくれる。女の子は小学校高学年か中学生くらいだろう。

「はい、どうぞ」

麻野が露の前にスープカップを置いた。

「ありがとう、お父さん」

露は笑顔で感謝を告げ、ポタージュを口に運ぶ。

「うん、今日も美味しいね」

「それは良かった」

麻野が慈しむような眼差しを娘に向けている。そして理恵は二人のやり取りに目を細め、口元に微笑みを浮かべていた。

ふいに露が身を乗り出し、理恵の耳元に顔を近づけた。すると理恵が驚いたように目を広げる。その些細なやりとりからも親しさが伝わってくる。麻野が妻と離婚したのか、それとも死別したのかは知らない。子供のいる相手と交際するのは苦労も多いだろう。だけど美智の目には三人の間に特別な絆《きずな》があるように感じられた。

理恵が席に座り直し、美智に話しかけてきた。

「お気に召しましたか？」

「素晴らしいです。早起きして来るだけの価値はありますね」

ポタージュはすでに半分以上なくなっている。美智はゆっくり深呼吸をした。店内には優しい空気が流れ、麻野の扱う庖丁の音がリズミカルに鳴っている。理恵が薦めていた通り、心と体が自然と解《ほぐ》れているのがわかった。

「やはり私は疲れていたようです。最近、奇妙なことが立て続けに起きていたので」

「奇妙なことですか？」

「おかしなことを聞きますが、奥谷さんは前々回のレッスンの際に、誰かが教室の食器棚の上にカードケースを置くのを目撃していませんか？」

疑念の発端はカードケースにあった。心の奥底に押し込んでいたけれど、菜七子と理恵のどちらかが、夫と会っているかもしれないと考えると怖かった。だけど理恵と麻野親子の関係性を目の当たりにして、理恵なら質問しても大丈夫という安心感を得ることができた。

「いえ、見ていません。カードケースがどうされたのですか？」

理恵が不思議そうに首を横に振った。

「実は……」

質問した以上、事情を伝えるべきだろう。前々回の料理教室が終わった後、室内から紛失したはずの夫のカードケースが見つかったことを説明する。状況から考えて、三人の生徒の誰かが黙って置いていったとしか考えられないのだ。

話し終えると、理恵が気まずそうにうつむいた。

「些細なことなのですが、先生に一つだけ隠していたことがあります」

「なんでしょうか」

「先日のディナーの際、先生と旦那さんとこちらでご一緒しましたよね。そのときに旦那さんに見覚えがあったような気がしたのです」

「そうなのですか？」

理恵は康太郎をじっと見つめていた。気のせいだと思って頭から振り払ったけれど、実際に理恵は康太郎を見つめていたのだ。

「確かに見覚えがあるような気がしたのですが、どこでお会いしたのか思い出せませんでした。私の態度のせいで、不安を助長させていたら申し訳ありません」

それから理恵は露に目を向けた。

「実は露ちゃんから、美智さんに隠し事をしてないかと聞かれたんです。露ちゃんは他人の嘘を見抜くのがとても上手なので」

先ほどの耳打ちのことだろう。すると露がカウンターの向こうの麻野に声をかけた。

「ねえ、お父さん。今の話をどう思う？」

目の前で下拵えをしていたので、麻野にも当然会話が耳に入っているだろう。

「今の段階だと何とも言えないかな」

それから麻野が美智に顔を向けた。

「ですが他にも奇妙な出来事が起きているのですよね。もしよければ一通りお話しいただくのはどうでしょう。みんなで検討すれば答えが見つかるかも知れませんし、誰かに話すだけでも心が軽くなるかと思います」

「ありがとうございます」

誰かに相談するという初歩的なことが、美智には出来ないでいた。だけど優しい料理で満たされた身体と、スープ屋しずくの柔らかな雰囲気のおかげで、抵抗なく心の内側を伝えられる気がした。

「ですが、本当に大したことではないのです」

そう前置きしてから、最近起きた妙なことを話しはじめた。勤務中のはずの夫の自転車を街中で見かけたこと、そこが夫の苦手なタイ料理屋の前だったことを伝えると、理恵が手のひらを身体の前で合わせた。

「そのタイ料理屋さんは、料理教室の小沼さんとその恋人が気に入っている人気のお店ですよね。私のマンションからも近いです」

「そうなんです。それと奥谷さんは私の料理教室について、フリーペーパーを読んで選んでくださったんですよね。でも製作会社の方が言うには、あの一帯にはポスティングしていないそうなんです」

「えっ、ですが郵便受けに入っていましたよ」

「不思議ですよね」

つまり自主的にポスティングした人物がいたことになる。だけど時間がかかるだろうし、メリットがあるとも思えない。

すると突然、麻野の庖丁の音が止まった。

「そのフリーペーパーは、教室などでも配っているのですか？」

「はい、家の入り口のところにラックを置いてあるので、通りすがりの方が持ち帰れるようになっています」

「もしかして教室に置かれた分は、最近減るのが早いのではありませんか？」

「その通りです」

フリーペーパーがなくなるペースが早い件は、ストレスとは関係ないので説明していない。それなのになぜわかったのだろう。

「理恵さんに質問です。浜口さんの旦那さんを目撃したのは自宅付近の路上、もしくはマンションのロビーや廊下などの共用部だったのではありませんか？」

「え？……あっ、そうです」

理恵が口元に手を当てて驚いている。

「やはりそうでしたか」

それから麻野は、理恵に目撃された際の夫の行動について指摘した。最初は麻野が何を言っているのかわからなかった。だけど理恵が「その通りです」と答え、美智はさらに混乱した。なぜ康太郎がそんなことをしているのか理解できなかったのだ。

「どうしてそんなことを？」

戸惑う美智に、麻野が推理を披露してくれた。すぐには信じられそうにないけれど、辻褄《つじつま》は合っていた。しばらく悩んだ末に、美智は大きく息を吐いた。

「夫に聞いてみます」

疑問ではあるけれど、悪いことをしているわけではないのだ。夫婦といっても他人なので、隠し事があっても仕方ないとは思う。だけど康太郎を信頼して質問し、話し合いをすれば理解は深められるはずだ。

麻野に代金を支払い、理恵と露に見送られながらスープ屋しずくを出る。来店時は薄暗かった店の外は明るくなり、空気の暖かさに春の予感が漂っていた。

4

美智がカウンター席で待っていると、麻野が目の前にスープ皿を置いてくれた。

「本日は鶏肉とタケノコのスープ・ココナッツミルク仕立てです」

赤や黄色の幾何学模様の厚手のお碗に、白いスープがたっぷりと盛られている。三月の終わりだが強烈な寒気が関東の空を覆い、冬のように寒い日だった。だからミルク系のスープを見ると心も温まるような気がした。

「美味しそうですね。ココナッツミルクのスープは、タイ料理にもありますよ」

「はい。実は先日、浜口さんの教室で習ったスープを理恵さんに教えてもらったのです。そこから着想を得て作ってみました」

「そうだったのですか」

理恵が受けた最初のレッスンで、ココナッツミルクを使ったトムカーガイを作った。トムカーガイは生姜やレモングラスなどが効いたタイのスープで、レモンの酸味が効いた複雑な味わいだ。本場ではトムヤムクンと並ぶ人気料理だった。

麻野のスープからは、西洋のハーブやオリーブオイルの香りが漂っている。それがエスニックなイメージのココナッツミルクと混ざり合い、洋風に仕上がっていた。

「いただきます」

陶器のスプーンを使って口に運ぶ。厚手の器に入ったスープは熱々だ。ココナッツミルクの風味と甘みが舌に広がり、チキンの旨みも感じられた。飲み込むとタイムやディルの香りが鼻を抜け、洋食であることを強調した。

「ココナッツミルクなのに、ちゃんとフレンチですね。でもとっても美味しいです」

「馴染みのない食材でも、他の国の調理法に驚くほどマッチする場合があります。だから料理は難しいですし、面白いのだと思っています」

生徒に喜んでもらうため試行錯誤を繰り返してきた。これまでは本格的な料理を日本でも簡単に再現できるよう工夫を凝らしてきたが、もっと挑戦的になっても楽しいかもしれない。そんな風に思わせてくれる斬新な味の組み立て方だった。

美智はフランスパンのスライスを口に運ぶ。外はカリカリで、中はもっちりとしている。タイは米食文化で、植民地化もされていないため欧州のパン文化が入ってこなかったらしい。だけどココナッツミルクの塩辛いスープにパンは合っていた。

店内奥の黒板には、ココナッツミルクの栄養素について解説してあった。

ココナッツミルクの脂肪分は中鎖脂肪酸を多く含み、一般的な脂質より早くエネルギーに変わるという。そのため体脂肪になりにくい脂質とされているのだ。またカリウムやマグネシウムなどのミネラルもバランス良く摂取できるらしい。普段から使う食材なのに、あまり把握していなかったことを反省する。

「奥谷さんは来ていないのですね」

「数日前から忙しいらしいです」

理恵は残念ながら不在だった。理恵にも感謝を告げようと思っていたけれど、忙しいなら仕方がない。美智はまずは麻野に礼をすることにした。

「先日はありがとうございました」

頭を下げると、麻野が困ったような顔で首を横に振った。

「いえ、僕は推測をお伝えしただけですから」

謙遜《けんそん》するけれど、麻野の推理は正解だった。

ここ最近、周囲で不可解な出来事が相次いでいた。個別で見ると他愛のないことばかりだったけれど、じわじわとストレスを受けていた。だけど実は一連の事柄は康太郎のある行動に起因していたのだ。

美智はため息をついた。

「夫がフードデリバリーの仕事をしていたなんて、想像さえしていませんでした」

康太郎は先々月くらいから、内緒でダブルワークをしていた。土地勘のある駅周辺で自転車に乗って待機し、スマホのアプリ経由で配達の仕事を得ていたのだ。

フードデリバリーはアプリに登録すると、配達の依頼がやってくる。引き受けると店舗で食べ物を受け取り、配達先まで自転車を走らせて運ぶことになる。

麻野はまず、美智が自転車を目撃したことに疑問を持ったらしい。

「最近は路上駐輪が減りましたからね。人気のタイ料理屋さんの前に駐輪するのは不自然だと思ったんです。そうなると一時的に停めていたと思われるわけですが、そこでフードデリバリーで品物を受け取っていた可能性に思い当たったのです」

配達するだけなら、タイ料理が苦手でも問題ない。

麻野は推理のなかで、康太郎がダブルワークをはじめた動機にまでは言及していなかった。そこで美智はスープ屋しずくの朝ごはんを食べた日の夜、康太郎に事実関係を質問した。すると康太郎は言いにくそうにしながらも認めたのだった。

康太郎の動機は給与だった。会社の経営問題で仕事を減らされ、以前よりも手取りが三分の二ほどに下がってしまったのだ。

美智と康太郎は共有の口座に、生活費を毎月一定額振り込んでいる。だが康太郎は給料が減ったことで、それまでと同じ金額を入れることができなくなった。そのため勤務時間が短くなったことを利用し、空き時間にフードデリバリーをはじめたのだ。

配達エリアは土地勘があるため、かつて暮らした街を選んだ。そして配達エリアに近い駅に自転車を駐めて出社し、早めに退社してからフードデリバリーの仕事に従事していたのだ。着替えや配達用のバッグは、駅前の月極《つきぎめ》ロッカーを利用して保管していたらしい。

康太郎は最近、痩せてきていた。それは自転車で長時間配達したことで運動不足が解消され、体脂肪が減ったおかげなのだろう。

そして康太郎は、あるやらかしをしていた。

夫は自転車で走る時間を有効活用したいと考えたらしい。そこで自宅前にあったフリーペーパーを拝借し、配達の合間にポスティングしていたのだ。

その結果、ラックのフリーペーパーはあっという間に減ることになった。そして配布した地域から料理教室の依頼が来ることにも繋がった。だけどポスティングの最中、理恵に目撃されてしまったのだ。

「少しでも教室の助けになればと思ったんだ」

夫はポスティングの理由についてそう語っていた。

康太郎は浜口クッキングスクールを応援してくれている。その気持ちはありがたいし、理恵や菜七子、卓夫という新規の生徒を得ることができた。

そこで美智は先日、編集長に事情を説明した。笑って許してくれたが、勝手に配るのは褒められた行為ではない。そう窘《たしな》めたところ、康太郎は反省した様子だった。

さらに康太郎はデリバリーの際に、大きな失敗をしていた。

康太郎は熊岡卓夫の自宅に食事を届けていた。最近はアプリでの決済による置き配が増え、本人とやりとりするのは珍しくなっているという。だが卓夫は今でも現金で支払っている。そこで康太郎はバッグから釣り銭入れを取り出す際に、誤ってカードケースを落としてしまったというのだ。

卓夫はカードケースを拾い、中身を確認した。すると浜口クッキングスクールの名刺があり、本人と思われるカードにも浜口と苗字が記してあった。配達に来た男性の年頃も近いため、美智の夫だと考えたようだ。

卓夫はスマホに不慣れのため、配達員に連絡する方法がわからない。料理教室に持っていけば手っ取り早いけれど、美智の夫が会社員だと理恵たちの雑談から聞いていた。だからデリバリーの仕事をしていることに疑問を抱いたというのだ。

美智の夫には事情があるのかもしれない。アルバイトをしていることを秘密にしたほうがいいと考えた卓夫は、レッスンの後にこっそり置いていくことにした。夫婦で暮らす家である以上、夫が一階に滅多に来ないとは想像していなかったのだろう。

卓夫がカードケースを拾った件については、本人に電話で確認してある。卓夫からは「正直に伝えるべきだった」と謝られた。妻との会話を増やすべきだと自分語りをしたのも、美智の夫婦のためを思っての行動だったらしい。

美智は居住まいを正し、麻野を真っ直ぐに見つめた。

「おかげで夫と話し合いができました」

「お役に立てたなら何よりです」

美智は康太郎と、膝を突き合わせて語り合った。

何よりも理解できなかったのが、康太郎がダブルワークをはじめた動機だ。収入が減ったことを素直に説明すればいいだけの話なのだ。料理教室の仕事は順調で、収入も安定してきている。だから康太郎の給料が減っても生活に困ることはない。

そう伝えると、康太郎は苦しそうに答えた。

「生活費の分くらいは、俺が稼ぎたかったんだ。そうじゃなきゃ情けないじゃないか」

康太郎はずっと家計を支えてくれた。だから美智が身体を壊したときも仕事を辞められたし、その上料理教室の改装費も出してくれた。

だけど話し合ううちに、康太郎の考えが徐々にわかってきた。

家計は男性が担うべきで、好きな相手を自分が支えていきたい。康太郎がそんな考えに強く囚《とら》われている。そんな一面があることを、美智は全く気づかなかった。

大黒柱であることは康太郎のプライドになっている。きっと美智の収入が康太郎を追い越したことも今回の件に影響しているのだろう。

ただし康太郎は美智の仕事を応援してくれている。女性の収入が男性を越えるべきではないと考えるような狭量な人物でないこともわかっている。だからこそ無理をしてまで稼ぐという行動に走ったのだろう。男性にとって収入をより多く得ることは、本能に近いのかもしれない。

美智が救われたように、康太郎のことも助けたい。夫にそう伝えた結果、康太郎は現在、転職活動に専念している。本音を云えば給料が減ったとしても、余裕のある仕事をしてもらいたかった。だけど康太郎はより稼げる仕事を欲している。だから願いを叶《かな》えるために、どれだけでも支えるつもりだった。

今回は互いのコミュニケーションが不足した結果、余計なストレスを抱えることになってしまった。麻野や理恵のおかげで、良い着地点に落ち着けたのは幸運だった。

今後も夫婦は様々なトラブルに直面していくのだろう。そのときは可能な限り、夫婦の話し合いで解決していければいい。ハーブの香るココナッツスープを飲みながら、美智は康太郎と過ごす明るい未来に想いを馳せた。

第三話

ビル清掃は誘惑だらけ

朝六時台のオフィスには誰もおらず、空調の音が鈍く響いた。

数時間もすれば社員たちでにぎわうはずだけど、大塚《おおつか》マリアはその光景を知らない。早朝に出勤してオフィスにあるゴミ箱からゴミを回収し、始業前までに地下に運ぶのが仕事だからだ。

オフィスにはたくさんのゴミ箱が設置してある。自動販売機脇やデスク横、コピーやプリンタの複合機の周辺、休憩室や給湯器など、それらにある全てのゴミ箱を漏れなく空にしなければならない。時間は限られている。焦らず確実に、自分で決めた最短経路を巡回するのだ。

だけどその途中、マリアは手を止めた。

黒のブリキ製のゴミ箱は会社が用意した備品で、フロアにある大半が同じ製品だ。ゴミをビニール袋に詰め込む際は念のため、中身のチェックを欠かさない。

「うわ」

オフィスのゴミ箱には様々なものが捨てられている。書類などの紙ゴミや食品の包装が大半を占めるけれど、たまに貴重品らしきものが入っている場合もある。

「二万円はさすがにやばいって」

ゴミ箱に入っていたのは一万円札二枚だった。こんな大金を捨てる人なんていない。何かの手違いでゴミ箱に入ったのは間違いない。

お札を拾い上げ、深呼吸をする。そして無意識に周囲を確認する。このオフィスには監視カメラがないと聞いている。

この二万円があれば何日分のアルバイト代になるのだろう。

頭に浮かんだ考えを打ち消す。数日前も誘惑を振り払ったばかりだった。なぜならゴミ箱に現金が捨てられていたのは、これで二度目なのだ。

なぜこんなに頻繁に現金が落ちているのだろう。こんなことで思い悩みたくないのに、心の中の悪魔が囁《ささや》く。二万円をつまんだ指に自然と力がこもった。

1

マリアは毎朝、午前四時半に起床する。

昨日作っておいたおにぎりを口に詰め込んでから家を出て、始発に近い電車に乗り込む。早朝の電車内は空いていて快適で、座りながら揺れに身を任せた。

外が暗いので、電車のガラス面に自分の姿が反射する。黒シャツに革ジャンに細身のジーパンで、ショートの髪に赤のインナーカラーを入れている。そろそろ美容院に行きたいけれどお金が厳しいので、アルバイト代が出てからにするつもりだ。

マリアは都内の大学に通う二年生だ。史学科に入っていて、日本の古代史について学んでいる。昔から歴史に興味があったため毎日は充実していた。研究に没頭していると時間はいくらあっても足りない。

歴史について勉強するためには数多くの資料が必要になる。講義で使う教科書だって驚くほど高価だ。大学まで行かせてくれた両親には心から感謝している。これ以上親の負担は減らしたかったから、教科書代くらいは自分で稼ぎたかった。そのためにアルバイトを探すことにした。

だけどマリアには弱点があった。

夜更かしが苦手なのだ。

夜の二十二時を過ぎると眠くなり、深夜零時を回ると使い物にならなくなる。おかげで夜遊びに耽《ふけ》ることは避けられたけれど、講義の後に勉強をしていると、アルバイトをする余裕がなくなってしまう。

その代わりマリアは朝に強かった。大学受験のときは、近所で飼われている鶏の鳴き声と一緒に起きて勉強をはじめた。そこで朝にアルバイトはできないかと考えて調べると、意外と数が多いことを知った。

食品工場やファミレス、コンビニ、イベント設営などがあるなかで、清掃業務に惹かれた。理由は二時間ほどの短時間で時給が高いこと、髪型が不問な点、何より大学通学の乗換駅で働けることが魅力だった。

履歴書を送ると、無事に採用された。

ターミナル駅で降りて地上に出ると、あたりは真っ暗だった。四月になったけれど、まだ早朝は冬のような寒さが残っている。職場は駅から徒歩で五分の六階建てのビルで、裏口の警備員に身分証を見せて入館して地下に向かう。

地下には資料室や設備管理室、ボイラー室などが並ぶなか、清掃員用の部屋が用意されていた。ノックして入室すると、先輩の堀《ほり》がすでに着替え終えていた。

「おはようございます。今日もよろしくお願いします」

「おはよう」

堀は四十代くらいのパートの女性で、長い髪をヘアゴムでまとめている。このビルの清掃を担当して五年目のベテランだという。態度はそっけないけど教え方は的確で、掃除の手際の良さは見ていて気持ちが良かった。

新人のマリアに与えられた仕事は、ゴミの回収だ。

早朝はビル清掃で最も忙しい時間帯らしい。全社員が出社する前に、昨日の汚れを可能な限り綺麗にしておかなければならない。そのため短い時間だけマリアが雇われている。マリアが帰った後は、堀が昼過ぎまでビル全体を掃除するのだ。

着替えを終え、手袋を装着する。

フロアにはたくさんのゴミ箱があり、その全てを回収するのが仕事だった。単純な作業だけれど、制限時間があるので急がなくてはならない。さらに捨て忘れがあると、ビルの管理会社から清掃会社に苦情が入ることになる。

ダストカーを押し、一階のゴミを収集していく。ダストカーはゴミ回収用の台車で、四角いナイロンのかごにゴミ袋を詰めていく。ナイロンのかごの側面にポケットがあり、交換用のビニール袋やふきんなど掃除道具が入る。そして金属製の骨組みにはハンディモップなどを吊《つ》り下げることができた。

一階はロビーと管理人室、お手洗いのゴミ箱がメインだ。手早く終えてエレベーターで二階オフィスに移動する。ここからがゴミ回収の本番だった。

入り口から順に黒色のゴミ箱を手に取り、中身をビニール袋に入れていく。会社が用意しているゴミ箱は黒塗りのブリキ製が多い。傷みにくく長持ちして汚れが目立たないため、十年以上使用されている場合も珍しくないと堀が教えてくれた。

入り口から順番に最短経路を進む。ダストカーが満杯になったら、その都度地下一階にあるゴミ置き場にビニール袋を捨てる。業務はこの繰り返しだった。

最も多いのが紙ゴミだ。電子化が進んでいるらしいけど、プリントされた資料は必要不可欠らしい。段ボールやお土産《みやげ》が入っていた厚紙などもよく出るし、給湯室にはコンビニ弁当の空きパックやサンドイッチの包装ビニールなどが捨てられている。

ゴミ箱はそれぞれ個性が異なる。

誰かが手入れでもしたのか、長い髪の毛がたくさん捨てられているときはびっくりした。他にも生ゴミなど明らかな家庭ゴミが突っ込まれているときもある。あるゴミ箱は必ずミルクコーヒーの空きパックが二つ捨ててある。錠剤のアルミシートが大量にあったり、付箋やマスキングテープが多かったりと様々なのだ。

廊下には自動販売機があり、空き缶やペットボトル、可燃物などのゴミ箱が集まっている。そのため大きなゴミ箱が設置され、集合ゴミと呼ばれている。紙コップのドリンクや、ペットボトルや空き缶のゴミ箱にはビニール袋が必須だ。飲み残しが底に溜まり、蒸発することで糖分が固まるのだ。回収したらその都度、ビニール袋をかけ直す。

単純作業の繰り返しは、瞬く間に時が過ぎる。どれだけ手を早く動かして、小走りで急いでも、勤務時間である午前六時から午前八時までだと全フロアのゴミを回収するので精一杯だった。

ゴミを集める間に、窓の外が明るくなっていく。四階に到着すると、堀がフロアのカーペットに掃除機をかけていた。

「お疲れさま」

四階にはマリアでは回収できないゴミがあった。フロアの奥にセキュリティルームと呼ばれるガラスで区切られた一画がある。社外秘の情報を閲覧できるパソコンや、機密情報の書類が保管されている。

社員でも出入りを制限されているらしく、入室の権限がマリアには与えられていない。だけど長年清掃を担当する堀には入退室に必要なカードが支給されていた。

堀がカードを端末に触れさせるとドアが解錠された。

社員がセキュリティルームに入るときは、原則的に手ぶらでなくてはならないらしい。外に何かを持ち出すことも禁止され、責任者が立ち合う必要があるという。

そんなセキュリティルームにはゴミ箱が一つだけ置かれている。ほとんどの場合は何もゴミがないけれど、書類やメモなどが捨てられている場合があった。この日はちり紙がいくつか入っていたので、ビニール袋に入れた。その間に堀が掃除機がけを行う。電子機器に下手に触れると、一発で解雇の可能性もあるという。

セキュリティルームを出ると、堀が声をかけてきた。

「お疲れ様。他のフロアのゴミ回収に戻ってちょうだい」

「わかりました」

「手際が良くて助かるわ。前の人は急に辞めてしまったから困っていたの。大塚さんには期待しているからね」

「はい、がんばります」

先月まで働いていたフリーターの人は、急に連絡が取れなくなったらしい。アルバイトをバックレる人はいるとは聞いていたけど、その心境が理解できなかった。

四階のゴミを地下に置き、五階の回収に取りかかる。すると社内に社員の姿がちらほらと現れはじめる。フレックスタイム制を導入しているらしく、始業時刻である午前九時前から働いていてもいいらしいのだ。

五階に設置された自動販売機横のゴミをダストカーに詰める。すると背後を通った男性社員がペットボトルを放り投げた。

「捨てといて」

マリアは両手が塞《ふさ》がっていて、空のペットボトルが足元に転がった。屈辱的な気持ちが湧き上がり、文句を言いたくなる。だけど深呼吸をして気持ちを落ち着けた。

オフィス清掃の仕事をはじめて間もないけれど、珍しいことではなかった。

清掃の仕事をする人は世の中にたくさんいる。マリアもアルバイトをはじめてから、自然と目で追うようになった。だけどそれ以前は違っていた。視界に入っていても風景と同じと捉えていたか、意識に入っていなかったように思う。

ぞんざいに扱われるたびに悔しい気持ちになる。辞めたいと何度か思ったけれど、すぐに逃げ出すのはもっと腹立たしいし、教科書や資料のためにお金は必要だった。だからもうしばらくは清掃の仕事を続けるつもりだった。

フロアのゴミの回収を終えたら、仕上げとして点検を行う。ゴミ箱のある場所を全て巡って、回収忘れがないかチェックするのだ。時間は余計にかかるけれど、点検は怠らないよう堀から口を酸っぱくして言われている。

点検を終え、六階に移動するためエレベーターに向かう。すると正面からすらっとした体型の男性が歩いてきた。

「ああ、大塚さん。おはよう」

「おはようございます」

二十代後半くらいの男性で、笑顔が今日も爽やかだ。首から下げた社員証に『総務課　真下雄弥《ましたゆうや》』と書かれている。

「いつもお掃除ありがとう。君のおかげで気持ちよく仕事ができるよ」

社員で大塚の名前を憶《おぼ》えてくれているのは真下だけだ。

「お役に立てて嬉しいです」

自然と頬が緩んでしまうけど、気づかれていないだろうか。すると背後からひょっと太り気味の社員が顔を出した。

「おい、清掃バイトの子をナンパしてんのか？」

その社員がニヤニヤと笑う。社員証には『商品開発課　赤野秀二《あかのしゅうじ》』と書かれてある。

「ただ挨拶しただけだろ」

「社内恋愛はトラブルの元だから避けてるって言ってなかったっけ。ああ、でもバイトの子なら問題ないか。でもお嬢ちゃん、こいつ競馬が趣味なんだぜ。ギャンブルするやつなんて苦労すると思うけどな」

「競走馬が走る姿が好きなだけだ」

赤野はにやにや顔で真下とマリアを見比べる。

「大人ならギャンブルくらい自由だと思いますよ」

そう告げると赤野が目を丸くして、真下が嬉しそうに微笑んだ。

「ありがとう。それじゃ大塚さん、お仕事の続きがんばって」

「はい！」

「おい、赤野。早く行くぞ」

「お、おう」

立ち去る二人を見送り、エレベーターのボタンを押した。すぐにドアが開いたので、ダストカーを押して乗り込む。清掃バイトは中高年が多く、若い女性は少ないらしい。だからたまに赤野みたいな男性が絡んでくる。そんななかで対等に扱ってくれる真下のような存在は癒しになっていた。

最上階の六階は社長室や会議室が多く、ゴミ回収は緊張するけど早く終わる。地下に下りて全てのゴミを運んだ時点で終業時刻の十分前だった。

アルバイトをはじめたばかりの頃は、ゴミを回収し終える前に時間切れになった。

残業は許されていないため、堀がマリアの仕事を肩代わりすることになる。申し訳なく思っていたけれど、一ヶ月経《た》った今では最低限の仕事はこなせるようになった。

着替えを済ませて一階に上がると、堀が正面ロビーでモップ掛けをしていた。

「お疲れさまでした。お先に上がらせてもらいます」

「明日も頼んだわよ」

お辞儀をしてから建物を出て、陽射しに目を細める。

深呼吸をして、朝の空気を満喫する。一仕事を終えた達成感を感じていると空腹感を覚えた。起きてからおにぎり一個しか食べていないのだ。一限の前にコンビニでパンでも買って紛らわそうと思いながら、赤信号で立ち止まってスマホを開く。

「えっ、休講？」

大学が運営する学生専用ページに、一限が臨時休講だと記されていた。図書館で勉強でもするかと悩みつつ、コンビニのパンではなくちゃんと食事をしたいと考える。チェーンのカフェでも探そうと思い、大通りに出るため路地を適当に曲がった。

「あれ？」

初めて通る道だった。高いビルに挟まれた小道の先に、四階建ての古びた建物がある。一階部分はテナントのようだ。レンガ調のタイルが貼られ、店先に鉢植えの植物が生い茂っていた。

鼻先を美味しそうな香りがかすめる。レンガの店から漂ってくるようだ。近寄って店のドアを見ると、OPENと記されたプレートが提げられている。

窓から店内を覗き込むと、カウンター席に客らしき姿があった。店名はスープ屋しずくと書いてある。こんな早朝から個人店が営業しているなんて珍しい。

匂いに惹かれ、店のドアを開けた。

「おはようございます、いらっしゃいませ」

ベルの音と一緒に、穏やかな声が出迎えてくれる。整った顔の店主らしき男性が、優しげに微笑んでいた。黒の髪の毛は艶やかで柔らかそうだ。シンプルなシャツにエプロンを合わせた格好が、すらっとした細身の体型に似合っている。

「えっと、営業していますか？」

「はい。ですがあと三十分ほどで朝営業は閉店ですがよろしいでしょうか」

「大丈夫です」

長居をするつもりはなかった。店内は長いカウンターがあって、四人がけのテーブル席が三つ置かれていた。

カウンター席に制服を着た髪の長い少女が座っている。可愛《かわい》らしいブレザーは少しサイズが大きいように見えるので、中学の新一年生だと思われた。そしてスーツ姿の女性がカウンターの近くに立ち、財布を手にしている。今から帰るところのようだ。

テーブル席に座るのと同時に、スーツの女性が店員さんにお金を渡した。

「麻野さん、ごちそうさまでした」

「今日もありがとうございました」

「お仕事がんばってね」

「うん、いってくるね」

麻野と呼ばれた店主らしき男性と、制服姿の女の子が女性客を見送る。親しげな雰囲気があったから顔見知りなのだと思われた。

麻野がテーブル席に近づいてくる。

「当店の朝営業は初めてですよね。朝は日替わりのスープが一種類で、パンとドリンクはセルフサービスになっております。好きなだけお取りください」

その後に麻野が告げた値段は、手頃なランチくらいの価格だった。お財布に優しいし、何よりパンとドリンクを自由に食べていいのはありがたかった。

「本日は春白菜とベーコンのスープですが、よろしいでしょうか」

「はい、お願いします」

朝に食べるのにちょうどよさそうだ。麻野がカウンターの裏に戻り、マリアは席を立ってパンとドリンクを見に行く。

かごに盛られたパンは何種類もあった。マリアは丸パンとフランスパンのスライス、白パンを選んだ。ピッチャーからオレンジジュースを注いで席に戻る。

「いただきます」

スープが来る前に丸パンをかじる。すると小麦の香りが口に広がり、噛むたびに甘みが増していく。あっという間に小ぶりなパンを平らげてしまう。この味をどれだけ食べてもいいなんて最高だ。アルバイト先の近くに名店を見つけたかもしれない。

「お待たせしました。春白菜とベーコンのスープです」

褐色に色づいた透明なスープが真っ白なスープボウルに盛られ、刻んだ白菜とベーコンが沈んでいる。表面に少量の油が浮き、細かくなったパセリが散らされていた。顔を近づけると芳《こう》ばしい香りが漂ってくる。白菜というと冬のイメージだけど、春白菜というからには四月にも収穫しているのだろう。

料理を見た最初の印象は、健康に良さそうだなと思った。だけど店で食べるとなると寂しいようにも感じた。木製の匙を手に取って、まずはスープだけを口に運んだ。

「んっ」

思わず声が漏れた。スープの味が想像以上にしっかりしていたのだ。だけど、こってりではなくあくまで飲みやすい。鶏やベーコン、野菜、ハーブなどたくさんの味が一すくいに凝縮されている。

スープは熱すぎず、ぬるくもなくちょうどよい。塩味も薄めだけど物足りなくない。

食べ進めるうちにやみつきになる絶妙さだ。

次に白菜とベーコンを口に入れる。白菜は歯ごたえが残る煮込み具合で、噛み締めると瑞々しいエキスがスープと一緒に舌の上に広がる。甘みと旨みが強くて、主役といっていいほどの存在感があった。ベーコンも弾力があるのにサクッと歯切れが良く、豚肉の旨味と脂の甘み、そして燻製《くんせい》の香りが楽しめた。

「不思議な香りがする。何だろう」

マリアがつぶやくと、カウンターの向こうで麻野が微笑んだ。

「スパイスのキャラウェイを香りづけに少量入れております」

「へえ、とっても美味しいです」

小さな三日月型の茶色い種のようなものが入っている。これがキャラウェイなのだろう。甘くスパイシーな香りがシンプルなスープのアクセントになっていた。

マリアは夢中で食べ進める。白パンやフランスパンとも相性が抜群で、最後は底に残ったわずかな汁をパンに吸わせて頬張った。

「ごちそうさまでした」

空腹だったこともあったけど、あっという間に食べ終えてしまった。満腹になりながらあらためて店内を見渡す。白壁の内装は小洒落《こじゃれ》たカフェを思わせ、掃除が行き届いていて清潔感があった。

店内奥の壁にブラックボードが掛かっていた。そこにはキャラウェイについての説明が記されている。キャラウェイはドイツ料理のザワークラウトに欠かせないスパイスで、カルボンとリモネンという香り成分は消化促進や腸内環境を整える効果を期待できると記されていた。

「ああ、最高だった」

マリアはオレンジジュースに口をつける。フレッシュで酸味が強く、単品でも頼みたくなる美味しさだ。満腹のマリアに麻野が声をかけてきた。

「お気に召したようで何よりです」

「大満足です！　実はこの近くでアルバイトしていて、その帰りなんです。こんな美味しいお店があるなんて知りませんでした」

「えっ」

カウンターに座る女の子が声を上げた。

「こんな朝早くからお仕事ですか？」

「うん、そうなの。ビル清掃が終わったんで、これから大学に行くんだ」

「わあ、すごいです」

「ありがとう。お姉ちゃんはがんばってるんだ。正直大変ではあるけど、ここのスープのおかげで元気をもらったよ」

女の子の顔がパッと明るくなる。

「お父さんのスープは毎朝違うから、ぜひまた来てくださいね」

「ここの子なんだね。　名前は何ていうの？」

「麻野露です。お姉さんは？」

「大塚マリアだよ。よろしくね」

それから露は椅子を降りて、深々とお辞儀をした。

「今後とも当店をよろしくお願いします。それじゃお父さん、行ってくるね」

「気をつけてね」

露がスカートを翻してカウンター奥にあるドアへと姿を消していった。初々しい雰囲気が可愛らしい。スマホを見ると、麻野が告げていた閉店時刻に近づいていた。

「ごちそうさまでした。とても美味しかったです」

「またのお越しをお待ちしております」

支払いをして店を出ると、仕事の疲れはすっかり吹き飛んでいた。

極上のスープと店の雰囲気の心地好さ、イケメンの店主に愛らしい娘さん。どれもマリアにとって最高の癒しになった。

バイトでは悔しいこともあった。だけど真下とのお喋りと、スープ屋しずくでの食事があれば、次回からもがんばれる気がした。

2

レポートのために欲しい書籍が四千円だった。図書館で借りてもいいけど、可能なら手元に置いておきたい。他にも必要な本はあるし、できれば史跡巡りもしたかった。真面目に勉強をするとお金はどれだけでも必要になる。

悩んでいたせいか普段より早く目が冴《さ》えてしまい、一本早い電車に乗り込む。バイト先に到着し、清掃員室のドアを開ける。すると堀が椅子に腰かけ、真剣な顔でスマホを見ていた。

「おはようございます」

「今日は早いのね」

「目が覚めちゃいまして」

着替えるために堀の背後を通る。すると背中越しにスマホの画面が目に入ってしまった。綺麗なバッグが並び、有名ブランドのロゴが表示されている。すると堀が画面を隠した。

「勝手に覗かないでくれる？」

「ごめんなさい」

すぐに頭を下げる。人のスマホを勝手に見るのなんて失礼だ。

勉強のための資料もほしいけど、洋服やバッグも買いたい。髪の毛のカラーも落ちてきた。お金のことを考えていたせいで、高級そうなバッグに目を奪われてしまった。だけど堀はあのバッグを買うつもりなのだろうか。マリアの時給だったら、何百時間もアルバイトしないと買えない値段だった。

着替えを済ませ、作業を開始する。フロアを巡って順番にゴミを回収し、窓際のゴミ箱を手に取る。

中身を覗き込んで目を疑った。紙ゴミの上に五千円札が載っていたのだ。

「マジで？」

深呼吸をしてから、思わず周囲を見渡す。今日はまだ誰も出社していないようだ。堀に報告するのが一番だろう。だけど心の悪魔が囁いた。気づかずに捨てたと言い張れば盗んでもわからない。このお金があれば資料を購入してもお釣りが残るのだ。

「いや、ダメだから」

マリアは無人のオフィスでつぶやいた。五千円札をダストカー脇のポケットに収め、仕事を覚えるために用意してあったメモ帳にゴミ箱の位置を記した。

回収を続け、四階で堀と合流する。

「ゴミ箱に現金が捨てられていました」

金額と位置を報告し、五千円札を差し出す。すると堀はお札を見つめながら、真顔で口を開いた。

「あら」

「意外と真面目なのね」

「えっ」

「こっそりポケットに入れちゃえばバレないでしょう。私ならネコババしちゃうわ」

「それは……」

困惑していると、堀がくすくすと笑った。

「いやね、冗談よ。盗んだら犯罪だからね」

「あはは、そうですよね」

堀はマリアの手から五千円札を回収した。

「これは私が責任を持って報告しておくから」

「お願いします」

堀がセキュリティルームに向かうのでついていく。クールな堀の発言として意外過ぎて、とっさに反応できなかった。

気持ちを切り替え、黒のゴミ箱から紙ゴミをビニール袋に移し替える。現金を盗んだことが明るみに出たら、解雇どころか警察に通報されても文句は言えない。少しでも迷った自分を反省するけれど、その後も同じ葛藤《かっとう》に悩まされることになる。

マリアはスープ屋しずくのカウンターでため息をついた。

「どうしました？」

隣に座る露が心配そうに話しかけてくれた。この春に中学生になったばかりのようで、真新しい制服が初々しい。

店主の娘の露は、父親と一緒の場で朝ごはんを摂るため、店内で食べることが多いらしい。朝営業が終わる間際で、客席にいるのはマリアと露だけだ。中学校は店の目と鼻の先なので、始業の直前までのんびりできるのだという。

「葛藤に勝利したけど、欲深い私が後悔しているんだ」

「なんですかそれ」

露が不思議そうに首を傾げると、艶やかなロングヘアーがさらさらとなびいた。スープ屋しずくに来るのは三度目になり、露とはすっかり仲良しだ。

「清掃のアルバイトをしてるって前に話したよね。それで最近なぜか、ゴミ箱にお金が入っていることが多くてさ」

五千円の件以降、同じことが繰り返し起きていたのだ。

露が目を丸くして驚いている。

「よく捨てられているものなのですか？」

「この仕事ははじめたばかりだからよくわかんない。でも明らかに変だよね」

五千円札を発見した二日後、別のフロアで今度は二万円がゴミ箱にあったのだ。あまりの金額に動揺し、急いで堀に報告した。

さらにその三日後、今度は図書カード二千円分がゴミ箱の近くに落ちていた。今までと違って現金でないため、気持ちが揺らいでしまった。だけど正義感が勝利し、このときも堀に知らせて手渡した。

「誰かがお金をわざとゴミ箱に置いたのでしょうか」

「いやいや、そんなことあるわけないでしょ」

露の突拍子のない発言に驚かされる。ゴミ箱に現金を置いて、どんなメリットがあるのだ。露は発言が的外れだと思ったのか、恥ずかしそうにしていた。

「でもさすがに連続すると、つい一回くらいはって魔が差しそうになってさ。耐えた自分を褒めてあげたい。露ちゃんは絶対に盗みなんてダメだからね」

「わかっていますよ。清掃のお仕事って大変なんですね」

露に言われ、首を横に振る。

「でも下っ端だから単純作業だけなんだ。バイトの先輩はモップがけとかトイレ掃除とか、色々な作業をやってるから私なんて全然だよ」

「マリアさんのお仕事も、なくてはならないものだと思います」

露の真っ直ぐな発言に、マリアは自然と笑みがこぼれた。

「うん、そうだね。ゴミ回収だって、誰かがやらなくちゃならないんだ」

ゴミを回収し終えた後、フロア全体を点検する。回収漏れがないと確認した瞬間、達成感を覚える。このフロアでこれから、大勢の人たちが働きはじめる。そのときに清々《すがすが》しい気持ちで取り組んでほしい。その一助になれたという実感が好きだった。

マリアは自覚以上に、清掃にやりがいを覚えていたらしい。露の言葉はそのことを認識させてくれた。

「お待たせしました。ボンゴレロッソのスープです」

「わあ、ありがとうございます」

麻野が目の前にスープを置いてくれた。ボンゴレロッソのスープはアサリのトマトスープだと、注文の際に説明を受けている。ボンゴレスパゲッティの塩味をボンゴレビアンコ、トマト味をボンゴレロッソと呼ぶのは知っている。たしかイタリア語でビアンコは白で、ロッソは赤だったはずだ。

深さのある平皿はスミレの模様が描かれていて、そこに赤色のスープが盛られている。アサリの他の具材は玉ねぎと、鮮やかな緑色のえんどう豆も入っている。

「いただきます」

金属製のスプーンですくってスープを頬張る。

「うん、美味しい！」

アサリは味が濃く、大粒で食べ応えがある。それをトマトの酸味と旨味が引き立てている。玉ねぎもサクッとした歯応えがあって甘みが強かった。瑞々しいえんどう豆もぷちっとした感触が楽しく、豆のほくほくとした味わいがマッチしていた。爽やかなハーブの香りもアクセントになっていて、良質なオリーブオイルの香りも豊かな気持ちにさせてくれた。

「麻野さんの料理を毎日食べられる露ちゃんは幸せ者だなあ」

「うん、いいでしょ」

露が胸を張る。父親の料理に関しては謙遜しないところが爽快だった。

店の奥のブラックボードに目を向けると、本日のスープに使われている具材の栄養が解説してあった。アサリは貝類の中で特にビタミンB12の含有量が多く、赤血球を作るのを助けることで貧血予防に役立つという。またアミノ酸の一種のタウリンは肝機能を高めるほか、脂肪燃焼によるダイエット効果も報告されているという。

栄養効果を知りながら食べると、不思議と体調が上向く気がしてくる。そのためかスープ屋しずくの焼き立てパンがつい進み、この日は四つも平らげてしまった。

スープを食べ終え、スマホをチェックしようとした。だけどバッグを探っても見つからない。行きの電車で操作した覚えはあったので、忘れたとしたらアルバイト先しか考えられなかった。

「スマホを忘れたから取りに行ってくる」

今日は一限があるので、取りに戻ると間に合うか危《あや》うかった。会計を済ませると、麻野が丁寧に頭を下げた。

「いってらっしゃいませ」

「マリアさん、また来てね」

「うん、もちろん」

二人に手を振り、スープ屋しずくをあとにした。駆け足で来た道を戻り、裏口からビルに入る。地下に行くと清掃員室の鍵《かぎ》は開いていて、清掃中なのか堀の姿はなかった。幸いなことにテーブルの上にスマホがあった。

一階に上がると、声をかけられた。

「あれ、大塚さんだ。こんな時間にどうしたの？」

振り向くと、真下が笑顔で駆け寄ってきた。

「忘れ物を取りに来たんです」

今日は会えると思っていなかった。忘れ物を取りに戻るのは面倒だったけど、怪我の功名というやつだろう。

「実はさっきまで近くで朝ごはんを食べていたんです。だから電車に乗る前に気づけてラッキーでした。すごくおしゃれで美味しいお店なんですよ」

「へえ、そんな店があるんだね」

「真下さんにもおすすめですよ」

するとと真下がにっこりと笑った。

「それなら連れていってよ。次のアルバイトの後なんてどうかな」

「ええっ」

驚くマリアを尻目に、真下がポケットから名刺を取り出した。そして胸ポケットのペンでメッセージアプリのIDを書いて手渡してきた。

「ここに連絡して。あれ、もしかして迷惑だったかな」

「いえ、よろしくお願いします」

「楽しみにしてるよ」

真下が踵《きびす》を返し、エレベーターのあるほうへ歩いていく。真下と朝ごはんを食べることになり、連絡先まで渡されてしまった。夢ではないだろうか。立ち尽くしていると、背後に気配を感じた。

「あいつが誰かを食事に誘うなんて珍しいな。真下とは入社以来の付き合いだけど、ここ一、二年は飯に呼んでも全然来ないのに」

「……聞いていたんですか？」

振り向くと赤野が驚いた顔をしている。真下との会話を聞かれたらしく、マリアは自然と語調が険しくなった。

「ああ、ごめんね。でも真下はやめたほうがいいかもよ」

「どういうことでしょうか」

「真下というか、うちの社員全般かな。実は今、業績がやばいんだよね」

「ご忠告ありがとうございます。では失礼します」

丁寧にお辞儀して、外に出るため正面玄関に向かう。赤野と会話なんてしても嫌な気持ちになるだけだ。そんなことより真下との食事である。

最初に一緒に食べるのが朝ごはんなんて不思議な気分だ。だけど特別な感じがして、気持ちが弾んできた。まずはアプリに連絡先を登録しよう。座ってゆっくりスマホを操作するため、マリアは駅までの道のりを急いだ。

3

真下とメッセージでやりとりして、早速翌日の朝に食事をすることが決まった。だけど赤野の言葉が気になって、清掃先の会社について調べてみた。

真下たちの会社である融和《ゆうわ》コーポレーションは飲食店チェーンをいくつか経営していた。業態は複数にわたり、主力の和食居酒屋『はつ音《ね》』は関東に何店舗も出店している。価格帯はお高めだけど、旬の食材を扱うことで人気を博しているようだ。

だけどこの一年、経営が厳しいらしい。原因は大手外食チェーンがはつ音とそっくりな居酒屋の新規出店を進めているせいだった。

大手チェーンは店名から看板、内装やメニューまで全て似せた上で、価格を下げて出店を進めた。さらにはつ音が新たに店舗を出そうとすると、近くのテナントに先に開店させるという、営業妨害のような真似もしているというのだ。

加えて旬の食材フェアを企画すると、ほぼ同じ時期に類似のフェアを大々的に展開した。その結果、はつ音の客足が目に見えて下がっているという。主力店舗の売り上げ減少は、融和コーポレーションの経営に大ダメージを与えているようだ。

赤野の言う通り、会社は大変な状況らしい。心配だけど、マリアに出来ることは何もない。余計なことは考えないようにして、真下との時間を楽しむことにした。

翌朝もミスなく仕事をこなし、急いで着替えてビルを出た。早朝の陽射しを普段より明るく感じる。店の前まで駆けつけると、真下はスマホをいじっていた。

「お待たせしました」

「お疲れさま。俺も今着いたとこだけど、本当にこんな時間に営業してるんだな」

昨日のやりとりによると、真下はスープ屋しずくの存在は知っていたようだ。だけど訪れたことはなく、朝営業のことも初耳だったらしい。

マリアがドアを開き、ベルの音と一緒に店に入る。

「おはようございます、いらっしゃいませ」

今日も店主の麻野が、ブイヨンの香りと出迎えてくれる。

テーブル席に女性客がいて、幸せそうにスープを味わっていた。カウンターに露が座っている。露は出入口に顔を向けた途端に目を見開いた。マリアの隣に男性がいるのに驚いているのかもしれない。それから無言で会釈して食事に戻った。

マリアは真下とテーブル席についた。

「いい雰囲気だね」

年上の社会人の男性を、飲食店に案内するなんて初めてだ。緊張したけれど、好感触だったようで安心する。

「気に入ってもらえて良かったです。このお店の朝ごはんはスープが一種類で、パンとドリンクを自由に取っていいんですよ」

マリアが説明すると麻野が声をかけてきた。

「本日はロールキャベツのスープです」

「へえ、美味しそうだな」

「ではお願いします」

「かしこまりました」

麻野が返事をして、皿を用意しはじめる。マリアは真下とパンとドリンクを選ぶ。二人ともフランスパンのスライスを取り、マリアはオレンジジュース、真下はブラックコーヒーをカップに注いだ。

ふと、露がじっとマリアたちを見つめていることに気づいた。男性を連れ立っているのが気になるのだろうか。恋人と勘違いされているのかもしれない。

マリアと目が合うと、露は慌てた様子で視線を外した。

「お父さん、ごちそうさまでした」

露がスープをかき込むように口に入れて席を立った。そして一礼し、カウンター奥にある戸の向こうに行ってしまう。スープ屋しずくの上の階が住居になっていて、戸の向こうにある階段から行けるらしい。露は毎朝店で食事をした後は、歯を磨いてから登校するのだそうだ。

露の態度は何だったのだろう。真下への眼差しが鋭かったようにも感じたけれど、その理由がわからなかった。

「お待たせしました。ロールキャベツのスープです」

白い陶器製の丸みを帯びたスープ皿に、程よい大きさのロールキャベツが二つ入っている。スープは黄金色で、浮かんでいる脂の量はわずかだ。

「いただきます」

まずはスープだけを口に運んだ。今日は豚がベースのようで、キャベツや香味野菜の旨みも溶け出している。具材の個性が感じられる素直な味わいだ。

「これは旨いな」

真下も驚いた様子で、スープを吟味するように味わっていた。

ロールキャベツは金属製のスプーンで簡単に切ることができた。すくって口に運んで噛み締めると、キャベツの甘みと豚肉の旨味がスープと一体になる。

「麻野さん、今日も美味しいですね」

夢中で食べ進めていると、麻野が照れくさそうに微笑んだ。

「ありがとうございます。今日のスープはブイヨンを使わず、具材のロールキャベツだけで出汁を取っています」

「それでこんな味になるんですか？」

驚きながら、もう一度味わう。豚肉と野菜の旨みが溶け出したスープは、あらためて味わうと確かにそれ以外の味が感じられない。それなのに充分に満足感がある。素材の持ち味を活かすと、こんなにも豊かになるのだという驚きがあった。

店の奥のブラックボードに目を向ける。今日の栄養素はキャベツについてだった。キャベツにはビタミンUが含まれ、胃粘膜の保護に役立つらしい。ビタミンUの別名は、有名な胃薬の名前の元になっているとのことだ。

「良い店だね。マリアちゃんは見る目があるなあ」

「そんなことないです」

呼び名がいつの間にか苗字からマリアに変わっていた。

「今は大学生なんだっけ」

「はい。そうです。課題をこなすだけで精一杯です。だから夜に勉強するために、早起きして清掃のアルバイトをしてるんです」

「そういう理由だったんだ。何学部なの？」

「史学科で日本史を勉強しています」

「へえ、歴史が好きなんだ」

「大好きです。就職には全然意味ないんですけどね」

マリアは目を伏せた。日本史は好きだけど、ずっと悩んでもいた。文系教科を学んでも社会では使い道がない。理系であれば技術者を目指せる。法学部なら実社会で運用されているし、公務員試験でも役に立つ。

「文系はその辺苦労するとは聞くよな」

「そうなんですよね。今は二年生だけど、三年には就活も本格化してきます。でも将来何をしたらいいか、全く思い浮かばないんです」

真下が首を横に振り、マリアを見つめてきた。

「俺はマリアちゃんを偉いと思う。清掃の仕事なんか若い女の子がやるべき仕事じゃないだろう。それなのに一生懸命になっている姿は、すごく魅力的だと思うよ。きっとバイト先での経験は、面接でのアピールポイントになるんじゃないかな」

真下から魅力的だと言われ、胸がときめくかと思った。

だけど心は急速に冷えていた。

清掃の仕事は若年女性に相応しくない仕事なのだろうか。なぜか気持ちが、足元にペットボトルを投げつけられたときと同じになっていた。

その後の会話は楽しかった。

真下は身近なことや芸能ゴシップ、学生時代の失敗などを面白おかしく語り、マリアは終始笑いっぱなしだった。食事代は真下が払ってくれた。社会人相手だから期待はしていた。だけど実際に払ってもらうのは嬉しかった。

「またのお越しをお待ちしております」

麻野に見送られて店を出る。こんなに充実感があるのに、朝の九時前なんて嘘みたいだ。細い路地を会社方面に向けて歩く。隣を歩く真下は背が高くて、肩に触れる腕は意外に筋肉質だった。

大通りに出る手前で真下が立ち止まった。

「今度、ディナーでもどうかな。連れていきたい店があるんだ」

「申し訳ないので遠慮します。今日はごちそうさまでした」

「えっ、あ、うん。わかった」

真下が驚いた顔をしていた。お辞儀をしてから背中を向け、足早に立ち去る。

「怒らせちゃったかなあ」

去り際、真下は明らかに不機嫌な表情だった。今後はきっと話しかけてくれないだろう。せっかく誘ってくれたのに、もったいないことをした。だけどどうしても真下と食事に行く気になれなかった。駅に向かう最中、マリアは何度もため息をついた。


翌朝、地下の清掃員室に入ると、今日も堀が先に出勤していた。挨拶を交わしてから着替えを済ませ、ゴミ回収をはじめる。

マリアは決められた経路を巡ってゴミを回収した。黒いブリキ製のゴミ箱を覗き込むと、大量の紙ゴミが捨てられていた。同時にその横のデスクも確認する。

デスクは使う人によって異なる。整理整頓されたものもあれば、今にも崩れ落ちそうなほど乱雑なものもある。ゴミ箱の横のデスクは書類が積み上げられ、文房具も散らばっていた。

書類に触らないよう気をつけながら、普段通りゴミ箱を持ち上げる。

「あっ」

注意していたはずだった。だけどゴミ箱を持ち上げたのと同時に、デスクから書類が滑るように落下してしまう。

「やっちゃった」

デスクに触れた感触はなかった。だけど落とした以上は無自覚に当たってしまったのだろう。ゴミ箱を置いて書類を積み直す。カーペットには女性の長い髪の毛がたくさん落ちていた。近くにロングヘアの女性が座っているのかもしれない。堀がすぐに掃除機で吸い取り、綺麗にしてくれるはずだ。

書類はデスクに戻したけれど、積み重なっていた順番はわからない。そこでメモ帳を取り出し、『書類を崩してしまいました。申し訳ありません』と記し、最後に会社名と大塚マリアという名前を添えた。千切ってデスクの上に置く。ゴミ箱を覗き込み、落とした書類が入っていないか確認する。それからゴミ箱の中身をビニール袋に移した。

それ以外は順調に仕事をこなした。途中で真下の姿を見かけたが、顔を逸らされてしまった。落ち込んだけれど、仕方ないと気持ちを切り替える。そして時間内に全てのゴミを回収し、着替えを済ませてビルを後にした。

スープ屋しずくには立ち寄らず、電車で大学に向かう。遅刻せずに講義に出席し、お昼には売店のパンと牛乳で空腹を満たした。

腹ごなしを終えてスマホを見ると、アルバイト先の本社から着信がきていた。電話を折り返すと担当者が出た。マリアが名乗ると、担当者は険しい声で言った。

「あのさ。今朝のアルバイト中、デスクの上の物を落とした？」

「はい。全て机の上に戻しました」

電話の向こうからため息が聞こえた。悪い予感がした。

「大変なことをしてくれたね。大塚さんが担当している会社から、大事な書類が見当たらないと連絡があった。どうも大塚さんがミスしたデスクらしいんだよね」

担当者の声は、ひどく苛立《いらだ》っていた。

翌朝、沈んだ気持ちでバイト先に到着した。クビになるかと思ったけど、担当者から厳重注意を受けた上で通常通りのシフトに入ることができた。

清掃員室に入ると、堀と目が合った。

「社員さんから聞いた。やらかしたらしいね」

「すみませんでした」

「謝るだけで済めばいいけどね」

堀が深く息を吐き、冷淡な眼差しを向けてくる。心臓が縮み上がった気がした。

「あなたは知らないと思うけど、東京にはたくさんの清掃会社があるの。競争だって当然激しい。中規模のうちよりも機材が揃っていて、うちより安いところは無数にある。だから小さな失敗でも、簡単に違う会社に替えられてしまう業界なのよ」

「私のせいで契約が切られちゃうんでしょうか」

「知るわけないでしょう。上が判断することだから結果を待つしかない。この会社との契約が続いているのだって、私が長年真面目に失敗なく取り組んで、信頼を得てきたおかげだと思っているわ。それがあなたのせいで切られたら最悪ね」

堀が小さく舌打ちして、マリアに背を向けた。

本音を云えば反論したかった。書類がゴミ箱に落ちていないのは確認したはずなのだ。書類紛失には無関係だと主張したかった。だけど言い訳をしても印象は悪化するだけだろう。

気持ちを切り替え、普段以上に注意を払ってゴミ回収に集中した。だけど自然とため息が出てしまう。満杯になったダストカーを押してエレベーターの前で待っていると、開いたドアから真下が姿を現した。

会釈をすると真下が目の前に立った。

「書類、君のせいだったんだな」

真下の表情は険しかった。

「なくされたのは俺の同期なんだ。不注意は多いけどいいやつでさ。どうして書類をデスクの上に置きっ放しにしたんだろうって落ち込んでいるよ」

「申し訳ありませんでした」

頭を下げると、真下が眉間に皺を寄せた。

「俺に謝っても意味はないだろう」

「あの、清掃会社の契約はどうなるのでしょうか」

真下は総務課に所属している。たしか清掃会社の契約なども担当しているはずだ。

「契約先を見直すって話は以前から出ている。今回の件も影響するかもしれない。だけど堀さんは我が社に長年貢献しているから、俺は続けてもらいたいと願っている。ただし足手まといが仕事を続けたら、どうなるかわからないけどね」

真下が立ち去ると、エレベーターが到着した。

慌ててダストカーを押して乗り込む。扉が閉まって一人になった瞬間、身体が震えてきた。自分のせいで契約を切られる可能性がある。その事実が怖かった。エレベーターはあっという間に地下一階までたどり着いた。

仕事を終え、逃げるようにビルを出た。駅に向かうまでの足取りが重かった。今日の講義は二限からで、足は自然とスープ屋しずくに向かっていた。クビになるのであれば節約する必要がある。だけど今は心を落ち着かせたかった。

「おはようございます」

スープ屋しずくのドアを開くと、麻野が優しい微笑みで出迎えてくれた。今日も露はカウンターに座っている。そしてマリアを見るなり、心配そうな表情になった。よっぽど沈んだ顔をしていたらしい。

カバンを置いてパンを用意すると、麻野がスープを目の前に置いてくれた。

「本日は春芹《せり》のポタージュです」

淡い青色の平皿に、春らしい緑色のポタージュが盛られている。表面にはオリーブオイルが少量注がれ、千切った芹の葉が浮かんでいた。

「いただきます」

薄手の木のスプーンですくい、口に運ぶ。すると春を感じさせる爽やかな芹の香りが感じられた。ポタージュはさらっと粘度が低くきめの細かい飲み口で、ブイヨンとじゃがいもの味わいと混ざり合っている。飲み込むとほのかな青臭さが鼻を抜け、春を丸ごと味わっているような気持ちになった。

「冬の芹は根っこが好まれますが、春の芹は軟らかな茎と葉が愛されています。春の息吹が感じられる味わいをお楽しみください」

店内奥のブラックボードによると、芹は免疫力を高めるビタミンCが豊富らしい。ピラジンと呼ばれる成分を含み、血栓を予防する効果が期待されているそうだ。

「ああ、癒される」

「何かあったんですか？」

露が心配そうに訊ねてきた。ひと息つくまで待ってくれていたのだろう。マリアは露に向けて笑みを作った。

「実はバイト先でミスしたせいで、辞めることになりそうでさ。でも露ちゃんのお父さんのスープのおかげで元気が出てきたよ」

「そうだったんですか……」

マリアは露に一部始終を説明することにした。辛気臭い顔だけ見せられても気になるだろうし、胸の裡《うち》を発散させたかった。

起きたことを説明したあと、マリアは眉根に皺を寄せた。

「ゴミ箱に入らなかったことは確認したつもりだったんだけどね。だけど人間誰でもミスはあるからさ。失敗は素直に受け入れるよ」

露が、我がことのように暗い顔をしていた。他人の苦しみを自分のことのように受け止められる。露の心根の優しさが、気持ちを楽にしてくれた。

そこでドアが激しく開き、ベルが大きな音を鳴らした。

「ああ、ここにいたか」

顔を向けると社員の赤野が立っていた。太り気味の体形は相変わらずだ。

「どうしてここに？」

「君が辞めるって話を聞いてさ。ここにいると思って見に来たんだ。真下から聞いたけど、君がここの常連で、あいつを連れて来たらしいね」

「ええ……」

なぜ赤野がマリアと真下の行動を把握しているのだろう。気味の悪さを感じていると、赤野は勝手に隣に腰かけた。

「廊下で真下と険悪な空気になっていたのも見ていた。あいつとは別れたのか？」

「そもそも付き合っていません。私が真下さんを怒らせただけです」

マリアは椅子を動かして赤野と距離を取る。露は不安そうに赤野とマリアを見比べていた。

「つまりあいつとはもう関係ないわけだな。それなら真下について聞きたいことがあるんだ。あ、俺が聞いたってことは、真下には内緒にしてもらえるかな」

「え……」

赤野の表情が変化する。普段のにやにや顔とは別人のように真剣な顔だ。返事に窮《きゅう》していると、麻野がカウンター越しに声をかけてきた。

「大塚さんのお知り合いの方ですか？　ご注文はよろしいでしょうか」

「ああ、はい」

麻野の朗らかな笑みに、赤野は気勢を削がれたようだ。前のめりだった姿勢を直してカウンターに肘を置いた。

「えっと、何があるの？」

「当店の朝のメニューは一種類のみになります」

「じゃあそれをお願い」

「かしこまりました」

麻野が皿を用意し、壁際に置かれた寸胴からレードルでポタージュを注ぐ。赤野は小さく咳《せき》払いをしてからマリアに向き直った。

「詳しい事情は明かせないけど、真下について調査をしているんだ」

「調査ですか」

「あいつ、マジで最近社内の付き合いに来ないんだ。だからデートに誘われた君は本当に珍しくてさ。真下との会話で気になった点があったら教えてもらえるかな」

「そうは言っても……」

「たとえばうちの飲食店で提供する料理とか、ライバル会社についてとか、社内事情について話したことはなかった?」

マリアは首を横に振る。

「お仕事について喋ったことは一度もありません」

「……そっかあ」

赤野があからさまに肩を落とした。勝手に期待されて落胆されたらしい。赤野がスプーンを手に取り、ポタージュを口に運んだ。

「うわ、すげえ旨いな」

赤野が目を丸くしている。用件は終わったのだろうか。

露がマリアの服をつまんで引っ張ってきた。

「さっきのお話ですけど、マリアさんはミスしていないんですよね」

「えっと、うん。そのつもりではあるけど」

露の真剣な眼差しにマリアは気圧される。

「それなら辞めるのはおかしいと思います。ねえ、お父さん。どうにかならないかな。やってもいない失敗の責任を押しつけられるなんて理不尽だよ」

麻野は足元からにんじんの入ったかごを持ち上げてシンクの脇に置いた。

「そうはいっても……」

麻野は眉間に皺を寄せながら、器用に庖丁で皮を剝きはじめる。手際の良さは惚《ほ》れ惚《ほ》れするほどだった。

「お父さん、お願い」

　露に迫られ、麻野が小さくため息をついた。

「一応話を聞くだけだよ。何かわかるとは限らないからね」

「ありがとう、お父さん」

　露がパッと顔を明るくさせたあと、麻野に話しかけられた。

「大塚さん、少しだけ話をうかがってもよいでしょうか」

「えっと、私ですか？」

　マリアが困惑していると、露が隣から声をかけてきた。

「お父さんは色んな謎を解くことが得意なの。だからお願い。質問に答えてもらっていいかな。きっと何かがわかるはずだから」

「わかった。言う通りにするよ」

　露の表情は真剣だった。その気迫に押されて、マリアは従うことにした。

「まずは大塚さんが書類を失くしたとされるときのことです。大塚さんがゴミ箱を持ち上げた際に、横のデスクの書類が落下したのですよね。そのときのゴミ箱周辺で気になる点はありませんでしたか？」

　記憶をたどったけれど、不審な点は思い当たらない。

「別にいつも通りだったと思います。カーペットに長い髪の毛が多かったですけど、オフィスには色々なゴミが落ちていますし」

「んん？　それって君が書類をなくしたときの話だよね」

　ポタージュを味わっていた赤野が会話に交じってきた。

「そうですけど」

「長い髪の毛ってのは妙だな。あの席の周辺って薄毛のおっさんか、短髪の若手しかいないはずだけど」

「でもたしかに散らばっていたんです」

　ゴミ箱やその周辺に髪の毛がたくさん落ちていたのを覚えている。

「次の質問です。大塚さんの仕事に関わる人で髪の長い方はいますか？」

「アルバイトの先輩の堀さんはロングヘアですよ」

「そうでしたか」

　麻野が思案顔を浮かべてから口を開いた。

「実は以前伺った大塚さんのお話で、気になることがありました。何度か起きたゴミ箱に落ちていた現金についてです」

「ああ、ありましたね」

「僕は会社員経験がありませんが、オフィスのゴミ箱に現金が何度も捨てられているのは明らかに不自然です。そのため作為の可能性を心配していました」

そこで赤野が首を傾げた。

「ゴミ箱に現金って何の話だ？」

「あなたの会社のゴミ箱に、何度も現金が入っていたんです。少なくとも私は図書カードを含めて、五千円と二万円で三回も遭遇しました」

「そんなことがあったのか。どこの階で見つかったんだ？」

マリアは発見された場所の階と場所を覚えている限り伝えた。すると赤野が不審そうな表情になった。

「そのうちのひとつは俺の席に近いけど、誰かが現金を落としたとか、拾われたなんて話は耳に入っていないぞ。何かの間違いじゃないか？」

「そんなことありません。確かに拾って堀さんに渡しました」

まさか堀がネコババしたのだろうか。

すると麻野が今度は赤野に顔を向けた。

「盗み聞きのようで申し訳ないのですが、同僚の方の調査をされているのですよね」

話を振られた赤野が腕を組み、麻野をにらみつけた。

「ああ、そうだよ。くれぐれも他言は無用ですよ」

「承知しております。その上でひとつ考えたことがあります。的外れだと思われたら、どうか記憶から消してください」

「何でしょうか」

「現金を意図的に置いたと考えた場合、何か目的があることになります。おそらく仕掛けた人物は、新しい清掃員が現金を盗むか試したのではないでしょうか。その上で仲間に引き入れるべきか考えようとした可能性があります」

「清掃員を仲間に？　でも、なるほど。検討の余地はありそうだ」

赤野は何かに納得したようだ。ポタージュの皿はすでに空になっている。赤野が立ち上がって財布を尻ポケットから取り出した。

「お釣りはいらないから。真下にはくれぐれも秘密で頼むよ！」

赤野が千円札を二枚カウンターに置き、店を出ていった。おごられる筋合いはないけれど、マリアの分まで支払いをしてくれたらしい。

「あの、今のは何だったのでしょう」

「あとはあの方にお任せしましょう」

それから麻野は現金の件や書類紛失について、ある推理を語ってくれた。確証があるわけではないけれど、可能性はあるように思えた。今後の経緯は気になるものの、マリアがこれ以上できることはないだろう。

「きっとうまくいきますよ」

「ありがとう」

露の励ましに、笑顔で返事をする。状況は変わっていないけれど、少なくとも気持ちは軽くなっている。残りのポタージュに口をつける。春の草の風味がより鮮明になり、爽やかな香りが鼻を抜けていった。

4

二週間後のゴールデンウイーク直前、マリアはひさしぶりにスープ屋しずくにやってきた。清掃バイトを辞めた後は一度も来ていなかったので、店内を漂うブイヨンの香りを懐かしく感じる。

アルバイトがあったときは、朝営業の終了間際に来ていた。だけど今日はそれより早い時間に来店したためお客さんの姿が多かった。

最初に来たときにいたスーツ姿の女性が、同じく会社員らしい女性とテーブル席に座っている。マリアはカウンター席で食事をする露の隣に腰かけた。

「ひさしぶり」

「また来てくれて嬉しいです」

露と笑顔を交わし、この店に来たことを実感する。麻野に料理を頼んでから、ライ麦パンと水を席に運んだ。席に座ると麻野がスープを目の前に置いてくれた。

「桜海老《さくらえび》とごぼうのミルクスープです。ごゆっくりお召し上がりください」

「わあ、いい匂い」

海老の香りとミルク、ごぼうの香りがふわりと漂う。白くぽってりとしたボウルに白色のスープがたっぷり注がれ、鮮やかな赤色の桜海老が泳ぐように浮かんでいる。輪切りのごぼうが入っていて、表面にパセリが散らされていた。

「いただきます」

真鍮のスプーンですくって口に入れる。ミルク仕立てのスープに、上質な海老のエキスが溶けだしていた。

「おいしいなあ」

具材を噛むと桜海老のカシュッとした歯応えを感じ、さらに海老の味が強くなる。ごぼうはほくほくで、特有の土臭さと根菜の甘みがしみじみと感じられた。

「海のものと山のものでもこんなに相性がいいんですね」

「お気に召していただけたようで何よりです」

ミルクスープというだけあって生クリームは使っていないようだ。牛乳のフレッシュな風味が残り、あっさりと飲み進めることができた。

マリアは店内奥のブラックボードに目をやった。桜海老はカルシウムが豊富で牛乳の六倍もあるらしい。また赤色の色素であるアスタキサンチンは抗酸化作用があるとされていて、老化防止や眼精疲労の回復などが期待できるのだそうだ。

マリアは一息ついてから、麻野に頭を下げた。

「麻野さん、この前の件は解決しました。このたびはありがとうございました」

「それは何よりです。ですがわかったのは運が良かっただけですよ」

数日前、赤野から電話がかかってきた。そして身に起きた出来事、そして赤野が調べていたことについて説明をしてくれた。

「真下さんと堀さんは、ライバル会社に内部情報を漏らしていたらしいです」

「産業スパイなんて本当にいるんですね」

露が真剣な顔で話に耳を傾けている。

真下の会社は以前から競合他社である大手チェーンに後《おく》れを取っていた。出店競争や販売戦略などで敗北が続いていたのが原因だったようだが、実は真下が大手チェーンに情報を横流ししていたというのだ。その結果、コンセプトを後追いされた競合店に負け続けてしまっていたのだ。

情報はセキュリティルームで厳重に管理されていた。業務時間中は責任者が立ち合うため、何も持ち出せないよう管理されていたはずだった。だけど一つだけ抜け穴があった。それがゴミ箱だったのだ。堀が長年清掃員として働き、信頼を得ていたことも見逃されていた要因だったようだ。

重要情報のメモをゴミ箱に入れたり、超小型カメラで機密データを撮影した上でカメラを紙でくるんで捨てるといったやり方など、真下は堀と共謀して様々な手段を用いてゴミ箱を介して情報の持ち出しを行っていたそうだ。

少し前までは、もう一人のアルバイトも協力していたらしい。だけど突然辞めて連絡がつかなくなったという。理由は不明だけど、犯罪に加担することが怖くなったとしても不思議はない。そのアルバイトは見張り役を担っていたようだ。

安全に情報を盗むために、堀と真下は協力者がほしいと考えた。そして後任としてやってきたのが大塚マリアだった。

真下と堀は新人を共犯者にできないか企んだ。でも仲間に引き入れられる人物かわからない。そこで二人はマリアが罪を犯すような人間か試そうとした。

その方法がゴミ箱の現金だった。

ネコババするような人間なら、悪事に躊躇いがないことがわかる。さらに盗んだ現場を目撃したと脅すことで裏切りを阻止することもできる。

だけどマリアは現金を盗まなかった。五千円から二万円に金額を上げてみたり、金券に変えて罪悪感を減らすなど何度か試した。それなのにマリアは期待する行動を取らなかった。

続いて真下は、別の方法で籠絡《ろうらく》しようとした。恋愛関係に持ち込み、悪事に加担させようと考えたのだ。この計画は途中まで順調に進んだ。だけどマリアが唐突に冷めたことで失敗に終わる。

新人は共犯者になり得ない。そう判断した真下と堀にとって邪魔者になり、追い出すことに決めた。その方法が書類紛失の濡《ぬ》れ衣《ぎぬ》を着せることだった。

堀はまず、自身の長い髪の毛を何本か抜き、結ぶことで長い糸状にした。それから片方の端をテープを使ってゴミ箱とくっつけた。次にもう一方の端を針金クリップでデスクの上の書類と繋げた。髪の毛は意外に頑丈だ。こうすることでゴミ箱を持ち上げるのと同時に、デスクの上の書類が崩れるよう仕組んだのだ。

デスクの上は散らかっていて、たくさんの文房具があった。書類と一緒に滑り落ちれば、針金クリップやマスキングテープが落ちていても不審には思わない。それにあらかじめ長い髪の毛をカーペットに散らせば、仕掛けに使った髪の毛も紛れる。ゴミ箱は黒いので髪の毛がくっついていても目立たない。

デスクの主は真下の同期で、片付けが苦手なことで有名だったそうだ。そこで重要書類が置いてあることを知り、真下が計画を立てたという。実行したのは誰よりも早く職場にやってくる堀で、重要書類は他のフロアのゴミ箱に捨てたのだそうだ。追いつめるような方法で辞めさせせようとしたのは、真下の誘いを断ったことでプライドを傷つけたせいもあるのではないかと、マリアは内心で疑っている。

赤野は元々社内にスパイがいると疑い、調査していたらしい。機密情報にアクセスできる上長が主な候補だったが、真下に対しても疑いの眼差しを向けていた。

だけど確証が持てないなかで、真下が新人アルバイトのマリアに近づきはじめた。そのため二人の関係に注意を払っていたそうだ。するとある日二人が険悪な空気になり、マリアがアルバイトを辞めることになった。そこで何か情報を持っているのではと考えて近づいたのだそうだ。

そしてスープ屋しずくで、真下の目的が清掃員の協力者を探しているのでないかと示唆された。赤野は真下と堀の共犯を疑い、調査を開始した。その結果、詳しくは教えてくれなかったけれど、決定的な証拠をつかむことに成功したのだそうだ。

赤野の説明によると、二人とも金銭的に困った上での犯行だったという。堀はブランド品を買い漁《あさ》ることがやめられず多額の借金を抱えていたらしい。思い返せば清掃員室で、ブランド品が表示されたスマホを眺めていたことがあった。

真下はギャンブル依存で、同じく膨大な借金があったという。社内の飲み会などを避けていたのも給料を全て賭《か》け事に費やし、金銭的余裕がないせいだった。

麻野は以前から現金がゴミ箱に落ちていた状況から、誰かが悪巧みしている可能性を心配していたらしい。その上でマリアから書類を紛失した話を聞いた。そこでゴミ箱の状況を詳しく聞いたときに、誰かが髪の毛を使って書類を落とすよう仕組んだ可能性を考えたというのだ。

さらに赤野が同僚の調査をしていることを知った。この段階で現金がゴミ箱に落ちていた状況を、仲間に引き入れるための計画だと推理したらしい。そこで確証こそ薄かったものの、赤野にアドバイスをしたという。結果的に推測は正しく、赤野は真下の情報漏洩《ろうえい》を突き止めることができたのだった。

「露ちゃんもありがとう。あなたがお父さんに頼んでくれたおかげだよ」

感謝を告げると、露が首を横に振った。

「だってマリアさんが、書類を捨てていないって言っていたから。だから誰かの仕業に違いないって思ったんだ」

露はマリアのことを全面的に信じてくれていたのだ。

それから露が気まずそうな表情になった。

「それと根拠はないのですけど、あの真下さんって人の印象が良くなかったので……」

露は真下の人間性を見抜いていたらしい。人を見る目が優れているのかもしれない。いつか恋人ができたら、露に一度会わせてみようと思った。

スープを口に含む。海老とごぼう、ミルク、ブイヨンなどの味わいが複雑に絡み合い、幸せな気持ちにさせてくれる。

「ああ、美味しい」

書類紛失騒動の直後、マリアはアルバイトを辞めた。だけど赤野によって真実が判明した結果、清掃会社から謝罪を受けることになった。清掃会社は結局、契約を打ち切られたらしい。パートが情報漏洩に関与したのだから当然の措置だろう。

マリアは清掃会社から復帰しないかと打診された。お詫びの意味もあるのか時給も上がるという。悩んだ結果、ある条件を提示した。するとありがたいことに合致する職場が見つかり、また清掃の仕事に就くことになったのだ。

深呼吸してから露に笑顔を向けた。

「また明日からこのお店に通うからよろしくね」

「そうなのですか？」

露の声が高くなった。

「この近くのビルで清掃の仕事をはじめるんだ」

清掃会社への条件は、スープ屋しずくから近いビルで働かせてもらうことだった。

「また一緒に朝ごはんを食べられて嬉しいです」

露が朗らかに微笑む。早朝にやりがいのある仕事を終えてからスープ屋しずくを訪れ、新しくできた年下の友達と最高のスープを味わう。今後もこんな生活が続けばいいと、暖かな空気のなかでマリアは願うのだった。

第四話

禁酒運転の証明方法

1

早朝のスープ屋しずくのテーブルで、澄佳《すみか》は料理を待っていた。

隣には専門学校時代からの友人である理恵が座っている。すっと背筋が伸び、口元には穏やかな微笑みをたたえている。少しだけ後ろ向きな部分もあるけれど、真面目な性格の理恵は澄佳にとって大切な友人だった。

「評判通り、素敵な店だね」

「気に入ってくれたなら嬉しいな」

この店のことは前から理恵に聞いていた。朝営業をしているスープ専門店と聞いて、ずっと来てみたいと思っていたのだ。

「本当にこんな早朝から営業しているんだ」

澄佳の正面に座る悟《さとる》が店内を見回す。二年前から交際している澄佳の恋人だ。行動力があって面倒見が良く、痩せ型の長身と彫りの深い端正な顔立ちが印象的だ。悟とは友人を介した飲み会で知り合い、付き合うようになった。

「うまいな。パンだけで無限に食えそうだ」

悟の隣に座る宣之《のぶゆき》が、スープが届く前に二つめのパンを食べ終えた。どっしりした体格で、悟とは高校時代に知り合ったという。ひょうきんな性格で、おどけたような発言で周囲を盛り上げてくれる。

悟と宣之は登山に適した格好をしていた。今は金曜の朝七時で、澄佳と理恵はこれから出勤だけど、悟と宣之は有給休暇を取っている。朝食のあとは電車で都心を離れ、他の友人と合流してキャンプをする予定なのだ。

悟から登山をすると聞かされたとき、都心のターミナル駅で宣之と合流すると教えられた。その駅がスープ屋しずくの最寄り駅だったのだ。そこで澄佳も早起きして店に立ち寄ってから見送る計画を立て、せっかくなので理恵にも声をかけたのだ。

コーヒーに口をつけてから、理恵に話しかける。

「この二人、とんでもないハードスケジュールを立てたんだよ。山中でテントを張って一泊したら翌日午前中に下山して、夕方から居酒屋に酒を飲みに行って解散するんだって。しかも悟はその翌日に、午前から外せない仕事があるんだよ」

理恵が目を丸くする。

「大忙しだね」

「山登りのあとに都会で飲む酒は格別なんだよ。それに土曜夜にゆっくり休めば、次の日の仕事くらい問題ないから」

「無理だけはしないでね」

もう三十歳を越えたのに、学生のようなバイタリティだ。でも悟の行動的な部分も澄佳は好きだった。

そこで店主の麻野が、トレイを持って近づいてきた。

「お待たせしました。本日のスープは春椎茸《しいたけ》とハムのスープです」

「おっ、旨そうだな」

宣之が嬉しそうに、目の前に置かれたスープを覗き込んだ。

木製の大きなお椀に褐色のスープがたっぷり注がれている。椎茸の細切りと薄切りのハムが主な具材で、玉ねぎやニンジンなども入っている。

「いただきます」

ハム由来の芳醇な香りが漂う。木製の匙を使って、熱々のスープをすくって口に運ぶ。飲み込んだ澄佳は味わいに驚き、思わず声を出していた。

「えっ、すごく美味しい。これってかなりいいハムじゃない？」

するとカウンターに戻っていた麻野が答えた。

「スペイン産の長期熟成した生ハムを、ふんだんに使ってみました」

そのままでも美味しい生ハムをスープにするなんて贅沢の極みだ。熟成した豚肉の旨味と自然な塩味がスープに溶け込み、飲み込むと余韻が長く感じられる。出汁が出たはずの生ハムも旨味が充分に残り、具材として食べても満足感があった。

澄佳は隣に座る理恵を肘で軽く押した。

「理恵の彼氏のお店、評判以上に美味しいじゃん。恋人の贔屓目《ひいきめ》じゃなかったんだ」

「うん。麻野さんの料理は最高なんだ」

理恵が嬉しそうに微笑んだ。理恵から先日、恋人が出来たと報告を受けた。スープ屋しずくのことは前から褒めていたけど、店長と付き合うようになるとは驚きだった。だからこそ店を訪れたいと思っていたのだ。

「すごく食べやすいな。きのこも肉厚で最高だ。椎茸って春にも採れるんだな」

悟はそう言ってから椎茸を頬張った。

澄佳も食べてみると、春椎茸は旨味が濃厚で、噛みしめるとエキスがたっぷり溢れた。それが生ハムの上品な出汁と混ざり合い、美味しさが何倍も膨れ上がる。玉ねぎやニンジンなどの具材も軟らかく煮込まれて食べ応えがあった。

宣之が悟に顔を向けた。

「春にもきのこはたくさん生えるからな。今回のキャンプも楽しみにしていろよ」

澄佳の胸に不安がよぎった。

「素人が採って大丈夫なの？」

宣之はきのこ狩りが趣味だった。恋人とその友人が、毒きのこで中毒なんて最悪だ。

すると宣之が自信たっぷりに親指を立てた。

「大丈夫だって。会社の先輩と何度もきのこ狩りをしていて、一度も失敗してないから。今回も食べたことのあるきのこしか採らないと約束するよ」

「本当に気をつけてよね」

会社の先輩の趣味がきのこ狩りで、よく山で採ってはその場で食べるのだという。宣之とその先輩は体質的に酒が飲めないことで意気投合し、たまにハイキングに一緒に行く仲なのだそうだ。宣之のきのこの知識はその先輩から教わったようだ。今回も先輩を誘ったが、用事があって断られたらしかった。

「そうだ。そこのブラックボードで、素材の栄養素について説明してあるんだよ」

理恵に言われ、店の奥の壁に飾られたブラックボードに視線を向ける。すると今日のスープの素材である椎茸について解説してあった。

椎茸はカルシウムの吸収を促進するビタミンDが豊富に含まれていた。またレンチナンと呼ばれる香り成分は、免疫作用を高める働きがあるとされていた。そしてエリタデニンという成分は血圧の抑制効果が報告されているらしい。

食べ進めていると、悟が最初にスープ皿を空にした。

「ああ、美味しかった。奥谷さん、いい店を教えてくれてありがとう」

「こちらこそ喜んでもらえてよかった」

悟と理恵が会うのは、付き合った直後に紹介して以来になる。その後も何度か悟を交えて食事でもと誘っていたのだけど、理恵からはやんわりと断られていた。予定が合わないなどの理由は挙げていたけれど、実際は理恵が避けていたのだと思われる。だから今回会ってくれるのは嬉しかった。

全員が食事を終えると、悟たちが出発する時刻になった。

二人が大きなリュックサックを背負う。テントなどの大荷物はこれから合流する友人が用意するらしいが、寝袋や水筒、虫除《よ》けやコンロ、食料、地図や方位磁石など必要な物資は無数にあるのだという。

順番に会計を済ませ、麻野に代金を渡す。そこで澄佳は麻野の手を握りしめた。

「理恵のことよろしくお願いします。あの子、本当に真面目で良い子なので」

麻野は目を丸くしてから、にっこりと微笑みを返した。

「はい、もちろんです」

麻野の眼差しは真っ直ぐで、信頼できるように感じた。

店を出てから、理恵に手を振る。理恵は地下鉄に乗り、澄佳は少し歩いて他の地下鉄駅を利用する必要があった。

「また一緒にごはんに行こうね」

「うん、またね」

「じゃあ、俺たちも行ってくるわ」

すぐに全員が別々の方向へ進んでいく。太陽が昇りはじめ、街を行き交う会社員の数も増えていた。これから乗る電車は満員電車かと思うと憂鬱《ゆううつ》になる。

理恵は悟に対して笑顔で対応していた。大人だから表情に出さないけれど、きっと今でもわだかまりを抱えているのだろう。

澄佳と交際をはじめて半年後に、悟は一度浮気をしているのだ。

悟のマンションから女性が出てくる場面を澄佳が目撃し、問い詰めると白状した。相手は中学時代からの幼馴染みだという。

澄佳は落ち込み、理恵に電話で愚痴を聞いてもらった。理恵は静かに耳を傾け、別れたほうがいいのではとアドバイスをくれた。

だけど澄佳は悟を許した。その後は浮気の気配もなく、順調に交際を続けていると思っている。具体的な話は出ていないけれど、将来のことも考えたほうがいいと思いはじめていた。

悟と交際を続けることに対して、理恵は何も言わなかった。だけどその後に悟を交えて会う機会がなかったのは、印象が良くないままだからなのだろう。

理恵は大切な友人だ。だからこそ悟と交流してくれれば嬉しいと思うのはわがままだろうか。

出社して業務に取りかかる。電子機器メーカーの広報部で働く澄佳は、製品カタログの作成が主な仕事だ。現在は比較的暇な時期で、定時に帰ることができた。キャンプに行った日の夜、悟からスマホにメッセージが届いた。焚き火を囲んでビールで乾杯する姿は楽しそうだった。電話をしたかったけど、邪魔になると思ってやめておいた。

翌日は無事に下山したという連絡が午後三時くらいに届いた。また午後五時頃に、一枚の写真が送られてきた。外国の酒場風の店内で、男性二人がグラス片手に盛り上がっていた。宣之の姿がないので写真撮影の係なのだろう。その後は特に連絡はなく土曜を終えた。

日曜は部屋の掃除を済ませ、話題のドラマを観ていたらあっという間に時間が過ぎた。問題が起きたのは夕方のことだった。

スマホに電話がかかってきて、画面を見ると悟の妹の雪《ゆき》からだった。現在は二十五歳でカスタマーサポートの仕事をしながら生まれ育った一軒家で両親と住んでいた。悟の実家は東京の北西部の郊外にある。悟は勤務先までの乗り換えが面倒なため、東京東部で一人暮らしをしていた。

「もしもし、雪ちゃん？　ひさしぶりだね」

なぜ雪が電話をかけてきたのだろう。登山をしていた悟に何かあったのかと、悪い予感が脳裏をよぎった。

「あっ、澄佳さん。突然ごめんなさい」

雪の声音は沈んでいて、心臓の鼓動が早くなる。だけど雪から知らされた情報は、想像と別の方向で嫌なものだった。

悟の浮気現場を、雪が目撃したというのだ。

2

澄佳がスープ屋しずくのドアを開けると、朝と違う喧騒が耳に飛び込んできた。テーブル席もカウンター席も埋まっていて、空いた椅子は一脚だけだった。客の前には煮込み料理やワイングラスが置かれている。月曜夜の七時、ディナータイムのスープ屋しずくは活気に溢れていた。

カウンター席に理恵が座っていた。手招きをしてくれたので隣に腰かける。この店を希望したのは澄佳だった。先日の朝食が美味しかったので、夜にもぜひ来てみたかったのだ。

「こちらにお荷物をどうぞ」

「ありがとうございます」

茶色い髪を立てた店員が編み籠《かご》を持ってきてくれた。

「理恵ちゃんのお友達だよね。来てくれてありがとう」

店員は慎哉という名前で、麻野の友人でもあると理恵が教えてくれた。荷物を置いてから理恵に向き直る。

「今日は時間を取ってくれてありがとう」

「ううん、当然だよ」

理恵が真剣な顔で首を横に振った。日曜の夕方、雪から悟の浮気について情報提供があった。すぐに悟に連絡を取ると、電話口で否定された。だが納得できず、消化不良のまま物別れに終わってしまう。そして理恵に電話をして浮気について報告したところ、実際に会ってじっくり話を聞いてもらえることになったのだ。

理恵はスパークリングワイン、澄佳はハイボールを注文する。ドリンクが届いたので料理を注文すると、澄佳はすぐに三分の一を飲んでしまった。

澄佳は木製のコースターにグラスを置いた。

「浮気相手は篠子《とうこ》って女なんだってさ」

ハイボールは炭酸が強くて、フルーティーな甘さが感じられた。

浮気を発見した経緯は、雪から詳しく教えてもらった。

雪は土曜、友達と遊びに出かけていた。夜中の一時半頃に自動車で帰宅していた際、途中で悟の実家から一キロほど離れた場所にある篠子の自宅前を通過したそうなのだ。

篠子の実家は現在、両親が地方に移住したことで空き家になっているはずだった。だけど明かりが点いていたため疑問に思ったらしい。そこで横目で気にしていると、篠子の家に悟のものらしき車が停まっていたというのだ。

「間違いなく悟さんの車なの？」

「レトロなデザインが人気の車種だけど、現在は販売終了しているの。あまり街でも見かけないんだ。だから雪ちゃんも驚いて、とっさにナンバープレートを見たんだって。一瞬だし暗かったけど、悟の車のナンバーだって言ってた」

雪は気になったが、もう遅かったため引き返さなかったらしい。

「お待たせしました。真鯛《まだい》のカルパッチョです」

慎哉がテーブルの上に透明な皿を置いた。薄切りの鯛の切り身が綺麗に盛りつけられ、ケッパーやピンクペッパー、クレソンが載せられている。

澄佳はフォークで口に運ぶ。真鯛は旨味が繊細で、オリーブオイルと岩塩、香辛料の味付けが絶妙だ。クレソンの辛みも白身の淡白な味わいを引き締めていた。

「実は篠子さんは、一年半前の浮気相手と同じなんだ」

「ええっ、そうだったんだ」

雪から篠子の見た目を聞いたときは耳を疑った。唇の右下にあるほくろという特徴は、一年半前に悟のマンションから出てきた女性と同じだったのだ。あの時は記憶したくなくて、悟から女の名前を聞かなかった。だけど今度は篠子という名前を雪から教わることになった。

一年半前の浮気について雪は知らない様子だった。澄佳も理恵にしか伝えていないし、今回も雪に過去の事実を伝える気にはならなかった。

「それと最悪な事実も判明したの。篠子さんは現在、既婚者なんだって」

理恵は声も上げず、眉間に深い皺を寄せた。本気の怒りが表情から伝わってくる。ここまで怒っている理恵は、長年の付き合いでもほとんど見たことがない。

篠子が結婚したのは、一年と少し前のことらしい。悟と前に浮気をしたのは式を挙げる二ヶ月ほど前の出来事だ。マリッジブルーによる気の迷いだったのだろうか。

結婚後、夫婦で空き家になった篠子の実家で暮らしていたらしい。だが半年前、夫の転勤が決まった。篠子は夫と一緒に東北へ引っ越すことになった。

「雪ちゃんが情報を集めてくれたんだけど、篠子さんは先週、急に一人で戻ってきたらしいの。詳しくはわからないけど、旦那さんと喧嘩《けんか》したみたいなんだ」

雪が篠子の自宅で悟の車を目撃したのは、そんな最中の出来事だった。雪はまず、深夜に悟に電話をかけたらしい。だけど電源が入っておらず、日曜の朝にかけ直した。そこで雪は悟を問い詰めたらしい。

「そうしたら悟は、自分じゃないって頭ごなしに否定したそうなの。その上、私には余計なことを言うなって口止めまでしたみたい。だから雪ちゃんが怒っちゃって、私に報告してくれたんだ」

雪とは何度も会っている。素直な性格の子で、澄佳を慕ってくれていた。一方で悟とはあまり仲が良くないらしい。前に「兄さんに澄佳さんはもったいない」と言ってくれたことまであった。

澄佳は悟を電話で問い詰めた。

すると悟はある理由から、篠子の自宅に行くことは無理だと主張したのだ。

「悟はその日、運転できないはずなんだ」

悟たちは金曜にキャンプに出かけ、山中で一夜を明かした。午後二時過ぎに下山し、電車で繁華街まで移動した。そして駅前で午後四時半から酒を飲んでいたのだ。そのスケジュールは事前に澄佳が聞いていた内容と一致している。

「必要なら一緒に酒を飲んでいたメンバーに証言してもらえる。悟は自信満々にそう主張したの」

土曜の夕方に酒場で盛り上がっている写真は、澄佳のスマホにも送られている。そこで理恵が険しい表情で口を開いた。

「飲酒運転はさすがにしないよね」

「念のため、その可能性を雪ちゃんにも聞いてみた。篠子さんの住まいの周辺は事故多発地帯で、飲酒検問やパトカーの巡回が多いらしいんだ。悟の会社は自動車での営業の外回りが多いせいで、飲酒運転にはすごく厳しいの。前に一発で解雇された人もいたから、デメリットが大きすぎるよ」

そこで慎哉が新しい料理を運んできた。

「ポトフ・ド・ラメールです。魚介の軽い煮込みってところかな」

有頭海老とイカ、ホタテ、白身魚がさらっとした少なめのトマトベースのスープで煮込まれている。スープだけ飲んでみると海鮮の味が詰まっていて、ターメリックとブランデーの香りも感じた。大振りの魚介類は食べ応えがあり、素材の味が引き立っていた。

「悟や篠子さんの実家のある町って、交通の便があまり良くないんだ。だから夜中に密会するなら、車かタクシーを利用するしかないの」

ナンバープレートについても、悟は見間違いだと主張した。夜中で暗く、目撃したのも一瞬なのだ。悟は絶対に自分ではないと断言した。

澄佳は今日、雪に電話をかけてみた。すると最初の勢いから明らかにトーンダウンしていた。どうも悟とまた話し合いをしたようだ。雪は土曜深夜に、実際に飲酒検問に遭遇していた。なおかつ夜中で暗かったのも事実だった。強く責められたのか、最初の自信を失っている様子だった。

現時点で根拠は雪の証言しかない。だけど前科がある以上、簡単に疑いを晴らすわけにはいかなかった。

「そこで理恵には申し訳ないんだけど、これから調査をするつもりなんだ」

「これから？」

「実際に現場に足を運んでこの目で確かめて、さらに悟と飲んだ人たちにも話を聞きたい。そこまでしないと納得できそうにないんだ。せっかくスープ屋しずくに来てくれて申し訳ないけど、今から付き合ってもらっていいかな」

「うん、もちろんだよ」

理恵は即答してくれた。

澄佳は昔から思い立ったらすぐに行動せずにはいられなかった。目的地は悟たちが酒を飲んだという店で、宣之も呼び出してある。理恵たちは頼んだ料理とドリンクを空にしてから、店に向かった。

快速電車に乗り込み、西方面に移動する。四十分ほど乗って大きな駅に到着する。駅ビルやデパートが建ち並び、ペデストリアンデッキは広々としていた。

目当ての店は駅から徒歩五分の英国風パブだった。

宣之は先に入店していた。丸テーブルにフィッシュアンドチップスが置かれ、ロングラスのドリンクを飲んでいる。澄佳と理恵は脚が長いスツールに座った。

「急に呼び出してごめん」

「気にするなって。まずはドリンクでも買ってこいよ」

宣之が店内にあるカウンターを指差す。この店はキャッシュオンデリバリーというシステムで、カウンターで商品を購入し、自分の席に運ぶという方式だった。システムでいえばハンバーガーチェーンが近いだろう。ほしい品をその都度購入するので間違いは少ないし、店員からすれば席まで注文を取りに行く手間も省ける。

澄佳と理恵は席を立ってカウンターで注文をする。レジ脇に写真が掲載されたメニュー表が置いてあった。澄佳はジントニック、理恵はジンジャーエール、お腹《なか》は膨れていたのでミックスナッツだけ頼んだ。

席に戻って乾杯する。澄佳のジントニックにはカットされたライムが浮かんでいた。

しかし理恵と宣之のグラスには入っていない。

「悟の浮気疑惑を調べてるんだよな。俺で良かったら喜んで協力するよ。悟とは長年の付き合いだけど、今では澄佳さんも友人の一人だ。もしも悟が人の道を外れていたら、ちゃんと正してやりたいからな」

「ありがとう」

澄佳は宣之に、調査することになった経緯を教えてあった。宣之と悟は友人だから断られる可能性もあった。だけど宣之は快く引き受けてくれた。

澄佳は喉を潤してから、宣之に訊ねた。

「キャンプで起きたことについて教えてほしいんだ」

「別に構わないけど、変わったことは何もないぞ」

宣之はポテトをつまんでから、おしぼりで指先を拭った。

「金曜の朝、俺と悟はスープ屋しずくを出たあとに電車移動した。それから他の面子《メンツ》と待ち合わせていた駅で降りて、車で移動してから山登りをスタートしたんだ」

参加者は悟と宣之のほかに、翔真《しょうま》という宣之の大学時代の友人と、泉太郎《せんたろう》というSNSで知り合ったという三十代半ばの男性の二人だった。泉太郎はキャンプ慣れしており、テントの設営場所のセレクトなどを担当したという。

「野営地に到着したらテントを張って、夜は火を囲んで盛り上がったな。あいつらは缶ビールを飲みながら楽しんでいたよ。こういうとき酒が飲めないのが残念だよ」

宣之が手元のグラスに視線を向ける。中身の色から烏龍茶《ウーロン》だと思われた。

夜は早めに就寝し、翌朝は宣之が真っ先に起き出した。日が昇った直後の朝靄《あさもや》の山中を散策し、きのこ狩りを楽しんだという。

「きのこの収穫は早朝が最適なんだ。夜中に発生したきのこを採れるし、昼過ぎだと他の登山客に持っていかれる可能性もあるからな」

宣之が戻ると、他の面々も目を覚ましていた。一行は米を炊き、きのこを使って味《み》噌《そ》汁を作った。ベーコンエッグなども調理し、朝ごはんの時間となった。

「俺の作ったきのこ汁は最高だったよ」

宣之が嬉しそうに言った。

その後は渓流で釣りを楽しみ、昼ごはんはカップ麺で済ませた。それから下山し、用事があるという泉太郎は先に帰っていったという。悟と翔真、宣之の三人は電車で移動し、午後四時半くらいに現在澄佳たちがいる英国風パブに入ったというのだ。

酒盛りは盛り上がったけれど、さすがに疲れて、午後七時には店を出ることになった。翔真は一人だけ違う路線で帰り、悟と宣之は同じ電車に乗り込んだ。そして途中で宣之が電車を乗り換え、悟と別れた。

悟は午後七時まで酒を飲んでいた。六時間半後の深夜一時半は、アルコールが検出される危険性が高いだろう。それに出発はもっと早いはずだ。

「悟は本当にお酒を飲んでいたのかな」

運転できる方法があるとすれば、実際には悟が飲酒していなかった可能性が考えられる。だけど澄佳の疑問に、宣之が困惑顔になった。

「あいつが実際に酒を飲んでいたかなんて知らないよ。俺には普段通りに飲んでいるように見えたし、わざわざ確かめる必要もないだろう」

キャッシュオンデリバリーであれば、注文した際にこっそりソフトドリンクを頼んでも他の人にはわからない。そこで理恵が小さく手を挙げた。

「悟さんのグラスに、カットしたライムやレモンは入っていましたか？　メニューや私たちの注文した品を見た限りだと、ライムやレモンが入るのはアルコール入りのドリンクだけみたいです」

「どうかな。一応、飲んでいる最中の写真はあるよ」

宣之がスマホを操作してテーブルに置いた。悟ともう一人の男性がグラスを手にピースをする写真が表示されている。翔真は顎髭《あごひげ》のある垂れ目の男性だった。

翔真はビール、悟はカットしたライムの入ったグラスを持っていた。写真は何枚かあって、そのうちの一枚が澄佳のスマホに送られてきたものだった。

「悟のグラスにはカットしたライムが入っているね」

つまり悟はアルコールドリンクを飲んでいたことになる。

「ちょっと行ってくる」

理恵がカウンターに向かい、グラスを手に戻ってきた。

「ソフトドリンクでも、ライム入りを注文できちゃった」

理恵が手にしているのはトニックウォーターだった。グラスのなかで炭酸の泡が立ち上っている。ジントニックなどのカクテルに使われる清涼飲料水で、店員に頼んだら快くライムを入れてくれたという。

この店ではカクテルやサワー系と、ソフトドリンクのグラスは同じだった。つまりカットされたライムやレモンでは、アルコールの有無は判断できないことになる。

「それとメニューにノンアルコールビールがあったんだ。通常は瓶で提供されるけどカウンターでグラスに注いでくれるサービスもやっているみたい」

「理恵、なんか探偵みたいだね」

様々な可能性を考慮して、真相を確かめる。その行動は刑事か探偵を思わせた。すると理恵が照れくさそうにはにかんだ。

「実は麻野さんがこういうの得意なんだ。麻野さんならどんな風に考えるかなってシミュレーションしているだけだから、あまり自信はないけどね」

スープ屋しずくで何度か謎を解いてもらったことがあると、理恵から聞いた覚えがある。行き詰まったら麻野に相談するのも手かもしれない。

「悟さんがお酒を飲んでいたか、見た目などで判断はできませんか？」

理恵が訊ねると、宣之が首を横に振った。

「あいつは酒を飲んでも顔色が変わらないんだ」

態度などどいくらでも装えるだろう。現段階では酒を飲んだという状況証拠ばかり集まっている。酒を飲んでいない可能性を挙げることならいくらでもできる。だけど、はっきりと飲んでいないことを証明するのは無理があるのかもしれない。

「宣之くんは、篠子さんと面識はあるの？」

「ああ、昔から知っているよ。実は篠子ちゃんの旦那は、俺の知り合いなんだ。俺が今回の件に協力するのは、これが理由でもあるんだ」

「そうだったの？」

意外な事実に、澄佳も理恵も目を丸くした。篠子の夫も悟や宣之と同じ高校に通っていたらしい。すると宣之がドリンクに口をつけてからため息を吐いた。

「篠子ちゃんが別居して、実家に戻っていることも旦那から聞いて知っていた。だから俺は悟には、篠子ちゃんに会わないように忠告していたんだ」

悟と篠子は中学時代からの知り合いで、高校一年のときに交際をはじめた。宣之はその頃に篠子を紹介されたらしい。

「十五歳から十二年間、悟と篠子ちゃんは付き合っていた。てっきりそのまま結婚すると思い込んでいたよ。だけど二十七歳のときに些細な喧嘩がきっかけで別れてしまった。しばらくして悟と澄佳さんが付き合いはじめた。すると今度は篠子ちゃんにも新しい恋人ができて、一年半前に今の旦那と結婚したんだ」

篠子の夫は高校時代から篠子を好きでいたらしい。宣之とは仲が良いが、悟とは交流が薄いという。そして篠子が悟と別れたと知ったあと、篠子に強くアプローチしたのだそうだ。

「篠子ちゃんの結婚が決まったとき、悟は相当ショックだったみたいだな。籐子ちゃんもマリッジブルーが酷かったと旦那から聞いている。お互いに未練があったみたいだな。結局何事もなく篠子ちゃんは結婚したわけだけど」

悟の浮気に関しては、宣之も知らないらしい。澄佳は話し合いの末に許し、周囲に吹聴しないと取り決めた。理恵は広めないと約束する前に伝えたので例外だ。そのため今は黙っておくことにした。

「篠子ちゃんの別居理由も旦那側から聞いているよ。夫婦仲はうまくいっていないみたいだ。転勤先に馴染めず、喧嘩が絶えなかったらしい。最近は口論するたびに『悟ならわかってくれたのに』とか発言するらしく、旦那も我慢ならなかったようだ」

喧嘩のたびに元カレの名前を出されたら、夫としては耐えがたいだろう。

「だから篠子ちゃんが実家に戻ったとき、絶対に会うなと悟に忠告したんだ。悟には澄佳さんがいるんだし、何より篠子ちゃんは既婚者だ。悟は『当たり前だろう』と笑っていたから、二人には何もないと信じたいんだけどな」

澄佳は炭酸の抜けたジントニックに口をつけた。そして悟の車が深夜に篠子宅にいる可能性について、他のアイデアを検討することにした。

悟が飲酒していたのなら、誰かが代わりに運転すればいい。しかし二人で密会するときに第三者がいるのも不自然だ。運転代行に頼むという方法もあるけれど、あれは行きがしらふで帰りに酔ったときに使うものだ。往復に代行を頼むならタクシーを使うはずだ。また藤子は運転免許を持っていないそうなので、悟を送ることもできない。

澄佳が悩んでいると、宣之が声をかけてきた。

「納得したいなら、翔真と泉太郎にも声をかけようか。翔真はすぐに連絡がつけられる。泉太郎はここ最近なぜかSNSに投稿していないけど、DMを出せば返事をくれるはずだ」

「ありがとう。でもちょっと考えさせて」

澄佳がグラスを握りしめると、氷の冷たさを手のひらに感じた。疑うことはいくらでもできる。だけどアルコールを摂取しなかった証明なんて、どうすればできるのだろう。いわゆる悪魔の証明なのだ。

店内奥に巨大なテレビモニターがあり、海外のサッカーの試合が放映されていた。片方のチームと同じユニフォームを着た客が、シュートを決められたのと同時に絶望感に満ちた叫びを発した。澄佳はゆっくり深呼吸をした。

「決めた。悟を信じるよ」

状況から考えて、悟が自動車で籐子に会いに行くのは難しい。妹の雪には申し訳ないけれど、きっと見間違いだったのだ。

「わかった。澄佳が決めたなら、私から言うことはないよ」

理恵がナッツをつまんで口に入れた。澄佳はジントニックを一気に飲み干す。

「実は明日、付き合いはじめの記念日なんだ。まだ中止にはなっていないから、そこで悟に疑ったことを謝罪するよ」

澄佳のマンションで、前から興味があった映画を鑑賞しようと話していたのだ。料理を食卓に並べ、少しだけ高めのワインを開ける。そんな時間を過ごせば、きっと疑いの気持ちも吹き飛んでくれるはずだ。一杯だけおかわりしてから店を出て、澄佳たちは帰宅するため電車に乗り込んだ。

3

翌日の火曜夜、仕事終わりに悟が澄佳のマンションにやってきた。ネクタイを外してジャケットをハンガーにかけ、置きっ放しの部屋着に着替える。悟はソファに腰かけると、大きく伸びをしてから笑みを浮かべた。

「無事に記念日を祝えて良かったよ」

「疑ってしまって本当にごめんね」

「雪も見間違いを反省していたからな。澄佳は何も悪くないって」

澄佳はデパ地下の惣菜をテーブルに並べた。料理がうまくないので、出来合いか外食で済ませることが多い。悟は手作りへのこだわりがないのでありがたかった。

チャイムが鳴り、マルゲリータピザが届いた。二人の好物なので、記念日にはよくデリバリーをお願いするのだ。フランス産の赤ワインをグラスに注いで乾杯をする。濃い色合いのカベルネ・ソーヴィニヨンは、見た目通り重厚な味わいだった。

悟はリラックスした表情でワインを味わっている。瘦せ形の体型の悟は、首の辺りが筋張っている。そのラインが密《ひそ》かに好きだった。

「今日も朝から参ったよ。クレームが三件も立て続けに入ってさ。しかも全部俺の責任じゃないから、マジでぶち切れそうになったよ」

「災難だったね」

仕事の愚痴を言い合って、他愛のない日々を過ごす。そんな毎日をこれからも過ごしていくのだろうか。このまま交際していれば結婚も見えてくるだろう。悟とならきっと幸せな時間が過ごせるような気がした。

ピザを食べている最中に異変が起きた。

悟はワインの二杯目を飲み終えたところだった。急に口数が減ったかと思うと、顔色が真っ青になっていた。

「どうかした?」

「ちょっと眩暈がして」

悟が口元をおさえ、急に立ち上がった。そして駆け出したかと思うと、トイレのドアを開けた。澄佳が追いかけると、嘔吐《おうと》する声が聞こえた。

「大丈夫？」

悟はトイレで膝をつき、うずくまっていた。

「急に頭痛がして、吐き気もやばい……」

悟がまた便器に吐いてしまう。悟の背中を何度もさすったが、症状は全く改善しなかった。悟が「呼吸が苦しい」と訴えたところで、澄佳は119に電話した。その時点で悟の意識は朦朧《もうろう》としはじめていて、サイレンの音が遠くから近づく間、無事を祈ることしかできなかった。

悟は救急病院に搬送され、澄佳も救急車に乗り込んだ。夜中になって容態は安定したが、結局この日は原因がわからなかった。一泊入院して翌日に検査が行われることになり、澄佳はタクシーを使って一旦自宅マンションに戻ることにした。

澄佳が病院を出る時点で、悟はかなり元気になっていた。実家への連絡は自分でやると言っていたので、部屋に置いてあった替えの下着などを用意する。幸いなことに急ぎの仕事はなかったので、会社には休むとメールを送った。

リビングに入るとテーブルの上に、片付けていない惣菜の皿が散らばっていた。グラスには赤ワインがまだ残されている。悟が倒れたときは心から恐ろしかった。だけど重病ではないようで、澄佳は心から安堵した。

翌朝の午前八時半、バスを使って病院に向かう。早く起きたため、悟に伝えたのより一本早いバスに乗ることができた。建物に入り、病室を目指す。病院の独特のにおいはあまり好きではないため、つい早足になった。

ロビーを歩いていると、覚えのある女性が遠くに見えた。

相手はこちらに気づいていない。とっさに柱の陰に隠れて、その女性が過ぎ去るのを見送った。

顔を見たことは一度しかないけれど、唇の右下にあるほくろが印象的だった。澄佳には今の女性が、籐子のように思えた。歩いてきた先には悟の病室がある。籐子らしき女性の姿がもう見えなくなった。呼吸を整えてから病室に向かう。

廊下に掲示された名前を確認し、大部屋のカーテン越しに声をかける。

「私だよ。悟、起きてる？」

「おう、予定より早かったな」

カーテンを開くと、悟がベッドでスマホをいじっていた。悟の表情に焦りが見えた気がした。伝えた時間より早いと、まずい理由でもあったのだろうか。血色も良く表情も明るい。入院着でなければ健康体そのものに見える。

「着替えを持ってきたよ」

悟はなぜか澄佳と視線を合わせない。ベッド脇の棚に着替えを入れた紙袋を置く。

「ありがとう」

あと一時間ほどで検査があり、結果次第では昼過ぎに帰れるという。

お見舞いの品や花などはないようだ。籐子が病室に来たのか、怖くて聞くことができなかった。

「症状からして食中毒ではないらしい。そもそも同じものを食べた澄佳が無事なんだから、食べ物に問題はなかったはずだよな。一番近いのは急性アルコール中毒らしいけど、酔い潰れるほど飲んでいないだろう。医師も不思議がっていたんだ」

話をしている最中、なぜか悟は妙によそよそしかった。澄佳の顔色を窺《うかが》っているような態度なのだ。

「何か私に言いたいことでもあるの？」

悟が怯えたように身体を強張らせ、口元を引き攣《つ》らせた。

「あのさ、澄佳。昨日の食事に変なものを入れていないよな」

「……私が毒でも盛ったとでも言いたいの？」

頭に一気に血が上る。一昨日まで悟の浮気を疑っていた。だから恨まれていると思ったのだろう。でもその大元は一年半前に悟が浮気をしたせいなのだ。その事実を棚に上げて毒を入れられた可能性を疑い、怯えていたというのだ。

怒りの感情が限界に達した瞬間、心が冷えた。

「私は帰る。しばらく連絡してこないで」

「おい、ちょっと待てって」

背後から呼び止められるけど、無視して病室を出た。

病院の前のバス停の時刻表を見ると、十五分後にバスが来るらしい。バス停には他に誰もいなかった。ベンチに座って待っていると、涙が自然と流れてきた。

金曜の早朝は、五月ながら春先のように冷え込んだ。スープ屋しずくのテーブル席で理恵と向かい合う。ため息をついたところで、麻野が席に近づいてきた。

「お待たせしました。新じゃがの皮ごとポタージュです」

澄佳たちの前に淡いグリーンの平皿が置かれると、収穫されたばかりのじゃがいもの瑞々しい香りが感じられた。ポタージュは滑らかな見た目なことが多いけど、今日は粒子が混じっている。

「いただきます」

ホーロー製のスプーンを手に取り、ポタージュをすくって口に運んだ。

「うん、美味しい」

ポタージュの適度な熱がホーローのスプーンを通して感じられた。じゃがいもの甘みと旨味がストレートに楽しめる。さらに皮まで一緒に入っているおかげか、ぽってりとした舌触りのなかにざらりとした食感が残り、大地を感じさせる雑味が奥行きを生んでいた。チキンブイヨンと香味野菜の風味もしっかり効いている。

自然の恵みを丸ごと味わえるポタージュに、気持ちがほぐれていった。

「やっぱりここのスープは最高だなあ」

澄佳は店内奥のブラックボードに目を向けた。

新じゃがは通常のじゃがいもよりもビタミンCが豊富らしい。さらに皮はクロロゲン酸というポリフェノールの一種を含み、強い抗酸化効果によって悪玉コレステロールを下げるなどの効果が報告されているという。

悟が倒れたのは三日前になる。無事に退院したようだけど、電話もメッセージも全て返事をしていない。

悟との関係は保留にしてある。疑われたことで気持ちは一時的に冷めた。だけどすぐに悲しみや怒りに変わり、自分でも制御できていない。今は自分の感情が落ち着くのを待っている時間だった。

ドアベルが鳴り、宣之が入ってきた。澄佳が呼び出したのだ。宣之は眠そうに目をこすりながら澄佳の隣に腰を下ろした。

「どうしてこんな早朝に呼び出す必要があるんだ」

「ここの朝ごはんを食べたかったから。今日は来てくれてありがとう」

「食事目当てなら仕方ないか。ここのスープは旨かったからな」

麻野が宣之の前にポタージュを運んでから、澄佳はスプーンを置いた。

「実のところ、悟とどうするかまだ迷っているんだ」

好きな気持ちもたくさんある。だから自分の想いに決着をつけないといけなかった。病院で籐子らしき女性を見かけたことで、二度目の浮気への疑惑は再び膨らんでいた。だからこそ実際にあったのか、なかったのか、納得しないと前に進めない。

澄佳はカウンターにいる麻野に向かって話しかけた。

「これまで麻野さんが多くの謎を解いてきたと、理恵から聞いたことがあります。どうか私の話を聞いて、気づいたことを教えてもらえないでしょうか」

澄佳は深く頭を下げた。理恵は大切な友達だ。その理恵が信頼できる人物の力を借りたいと思ったのだ。

店内には庖丁を動かす音がリズミカルに響いていた。麻野は手を止めて、澄佳の顔を真っ直ぐ見つめてきた。

「お力になれるかわかりませんが、僕で良ければお話を伺います」

「ありがとうございます」

澄佳がまたお辞儀をすると、隣で理恵も頭を下げていた。

今回の問題について、順を追って説明していく。理恵や宣之も足りない箇所があったら逐一補足してくれた。麻野は下拵えの手を止め、真剣に耳を傾けてくれた。

数日前の病院での出来事を話すと、知っている情報は全て伝え終えた。そこで宣之が口を開いた。

「新しく判明したことがあるんだ」

宣之はすでにスープを食べ終え、四つめのパンを食べていた。

「翔真と泉太郎に連絡して、気づいたことがないか聞いてみたんだ。翔真からは何も聞き出せなかったけど、泉太郎についてびっくりすることがわかったんだ」

泉太郎はＳＮＳ経由で知り合った人物のはずだ。

「実は泉太郎も自宅で倒れたそうなんだ」

「ええっ」

澄佳は驚きの声を上げた。泉太郎は下山したあと、飲みに行かず先に帰った。翌日は仕事をこなし、帰宅してから自宅で缶ビールを飲んだという。するとしばらくして急な吐き気と眩暈に襲われたというのだ。

「泉太郎も何度か嘔吐を繰り返したらしい。救急車を呼ぶほどじゃなかったらしく、夜中に動けるようになったようだ。明け方には体調も回復し、念のため病院で診察を受けたが異常は何もなかったそうだ」

「悟の症状に似ているね。泉太郎さんはお酒には弱いの？」

「あのキャンプの夜にビールを飲んでいたから、特に下戸ってわけじゃないはずだ」

キャンプに参加したうちの二名が同じような症状で倒れていることになる。関連性があるようにも思うけれど、原因が思い当たらない。それに宣之と翔真は問題なく生活を続けているのだ。

「質問をよろしいでしょうか」

そこでカウンターの向こうから麻野が声をかけてきた。

「キャンプに参加されたのは四名ですよね。先週の金曜に当店の朝営業にいらした際に、山中できのこ狩りをすると発言されていた覚えがあります。これは実際に食べられたのでしょうか」

質問をぶつけられ、宣之が困惑した表情を浮かべる。

「えっと、はい。俺が採ってきたきのこで味噌汁を作りました」

「味噌汁は全員が食べましたか？」

「いいえ、翔真はきのこが苦手だから食べていません。とても美味しかったのに、もったいないですよ」

翔真が味噌汁に手をつけなかったことは知らなかった。すると麻野の表情が急に鋭くなった。隣では理恵が麻野の変化した顔をじっと見つめていた。

「キャンプで採取したきのこの写真はありますか？」

「はい、ありますよ」

麻野は手洗いをしてからテーブルに近づいてきた。宣之がスマホを操作してテーブルに置く。画面にはかごに盛られた大量のきのこが表示されている。見慣れたしめじのような形のものもあれば、少し不安になるような色のものもある。

「これって本当に大丈夫なの？　悟が倒れたのってこれのせいじゃないの？」

「全部前に食べたことあるんだよ。そもそも俺には問題が起きていないだろう」

麻野が腰を屈《かが》め、画面に指を当ててきのこを拡大表示させた。

普段の麻野は穏やかで優しい印象だけど、今は鋭くて精悍《せいかん》な顔つきになっていた。理恵は画面ではなく麻野の横顔を見つめている。端正な顔立ちの麻野の真剣な表情は絵になるので、理恵が見惚れるのも無理はない。

麻野がふいに口を開いた。

「なるほど。悟さんがキャンプの後に車を運転し、篠子さんの自宅に向かうことは可能なようですね」

「ええっ、でも飲酒運転になりますよね」

澄佳が疑問を口にすると、麻野が首を横に振った。

「悟さんはお酒を飲んでいません。いくつかの情報から、その事実を証明できるかと思います」

「そんなことが可能なのですか」

悟がアルコールを飲んだと思われる状況証拠ならいくらでもあった。だけど何かをしていないという証明は極めて困難になる。それなのに麻野は悪魔の証明ができるというのだ。

麻野はスマホの画面を指差し、あることを告げた。その指摘に澄佳は耳を疑ったけれど、この場で誰よりも愕然としていたのは、きのこを採取した宣之だった。

澄佳はわずかに残ったポタージュを口に運んだ。心から驚いている状態なのに、じゃがいもの滋味深さをじんわりと感じることができた。

4

澄佳はスープ屋しずくの店内で深呼吸をした。隣では理恵もスープを待っている。

店内を見回しながら、悟のことを思い出す。悟もここの料理を気に入り、心から美味しそうに口に運んでいた。もう別れたはずなのに、ふいに思い出してしまう。さよならしてから一週間も経っていないから仕方ないのかもしれない。

麻野がカウンター越しにお椀を置いた。

「お待たせしました。マッシュルームのけんちん汁です。精進料理ですので、動物性の食材は一切入っておりません」

漆塗りのお椀にたっぷりの野菜が入っている。ニンジンや大根、ごぼうやこんにゃく、豆腐などの素材のなかに、西洋料理で定番のマッシュルームが入っていた。

「いただきます」

両手でお椀を持ち上げて口元に運ぶ。すると合わせ出汁とゴマ油の香りがふわりと漂い、食欲を刺激してくれた。汁に口をつけると醤油仕立ての和の出汁に根菜の旨味が溶け合い、安心できる味になっていた。

箸を手に取り、スライスされたマッシュルームを口に運ぶ。サクッとした歯応えのきのこは淡白な味わいながら、しっかりした旨味も感じられた。まるで昔からずっとあるかのように和の味に馴染んでいる。

「マッシュルームと和食って合うんですね」

「癖が少ないので、醤油や味噌などとも問題なく合わせられますよ。それにうまみ成分であるグルタミン酸も豊富なのです。そして調理法次第では、椎茸などにも含まれるうまみ成分のグアニル酸を引き出すこともできるんですよ」

「グアニル酸ですか」

「専門的な話をしますが、昆布に代表されるグルタミン酸は、鰹節《かつおぶし》などから取れるイノシン酸と合わさるとうまみが倍増します。そしてグルタミン酸とグアニル酸の組み合わせは、イノシン酸と合わせるよりうまみの相乗効果が高いのですよ」

「なるほど。だからこんなに満足度が高いんですね」

マッシュルームは洋食と思い込んでいたけど、単に慣れの問題なのかもしれない。

店内奥のブラックボードに目を向ける。そこにはマッシュルームの栄養に関して記してあった。マッシュルームは皮膚や粘膜の代謝に関わるビタミンB2が豊富に含まれていた。また抗ストレス作用があるとされるパントテン酸も摂取できるという。

澄佳は居住まいを正し、麻野に向き直った。

「彼氏は無事に元カレになりました。この度はありがとうございました」

「いえ、お役に立てて何よりです」

麻野がいなければ真相を見抜くことは出来なかっただろう。推理をしてくれた麻野と、紹介してくれた理恵は恩人になるのだ。

キャンプの後である土曜の深夜、悟の妹の雪が籐子の自宅で兄の自動車を目撃した。しかしその日、悟は夕方に酒を飲んだと聞かされていた。だから車は運転できず、目撃は誤りだと思い込まされていた。

だけど悟は飲酒をしていなかった。

下山した後、キャンプに参加していた四名中三名が英国風パブに行った。そこで悟は飲酒を装うための偽装工作を行っていたのだ。

まずはキャッシュオンデリバリー方式の店で、ノンアルコールドリンクを注文した。その際にカットライムを頼んでグラスに入れるなどして、テンション高く振る舞った。こうすることで、宣之たちに酒を飲んだことをアピールしていたのだ。そして解散してから自宅に戻り、自分の車で篠子の家を訪問したというのだ。

なぜそんな行動を取ったのか、澄佳は悟本人から理由を聞き出した。

澄佳は先日麻野から聞いた推理を悟に投げかけた。反論されるかと思っていたけれど、悟はあっけなく観念した。そしてやったことを全て教えてくれたのだ。

篠子は別居して実家に戻るのと同時に、悟に連絡をしていた。

悟が言うには、篠子は夫との関係悪化や慣れない土地での生活などで精神的に参っていたらしい。そんな篠子が気の毒になり、メッセージで相手をするようになった。

それから二人きりで会うことになるまで時間はかからなかったそうだ。

悟と篠子は長い時間、恋人同士だった。しかし些細な喧嘩で別れてしまう。その間に悟は澄佳と付き合いはじめ、篠子は現在の夫と結婚した。だけど二人の心には十代の頃からの恋人が居残り続けていたのだろう。

キャンプの最中、篠子から『すぐに会いたい』とメッセージが届いたらしい。体調を崩し、実家で寝込んでいるというのが理由だった。

だけど山中にいるため駆けつけることはできない。しかも土曜に下山したら仲間で酒を飲む予定で、翌日の日曜も午前から仕事が入っている。会うとしたら土曜深夜しか残っていないが、篠子の家に行くには車を運転する必要があった。

会うためには酒を飲むわけにはいかない。だけど宣之からは篠子と会うことを警戒されている。急にアルコールを避けたら怪しまれるかもしれない。そう考えた悟は英国風パブで酒を飲むふりをしたのだ。

計画は成功し、悟は篠子の自宅を訪問した。だけどその現場を妹の雪に目撃され、しかも澄佳にまで伝わってしまう。そこで暗闇でナンバーを見間違えたという指摘と、何よりも飲酒したので運転できないという嘘で乗り切ることに成功したのだ。

だけどある理由で、悟の計画は破綻してしまう。

キャンプで一泊した土曜の朝、宣之がきのこを採取して味噌汁を作った。そしてきのこ嫌いな翔真を除く三人が食べたのだが、味噌汁にヒトヨタケが入っていたのだ。

ヒトヨタケは癖がなく美味しいらしいが、ある特殊な毒を含んでいた。それは食べた後にアルコールを摂取した場合にだけ、中毒を起こしてしまうのだ。ヒトヨタケに含まれるコプリンという成分がアルコールの分解を阻害し、悪酔いや二日酔いのような状態になるという。しかもヒトヨタケの毒の効果は一週間ほど持続するのだ。

宣之は会社の先輩にきのこ狩りを教わっていた。その先輩とは酒が飲めない繋がりで親しくなった。

「宣之くんが会社の先輩に聞いたら、酒を飲まないから食べても大丈夫だと思って、普段から採取していたらしいんだ。宣之くんも同じように飲まないから、つい言いそびれていたんだって」

聞きかじりの知識できのこを採って、しかもそのせいで中毒を起こした。宣之はかなり反省している様子で、悟と泉太郎への治療費は支払うつもりだと話していた。

翔真はきのこを食べていないため、英国風パブで酒を飲んでも問題なかった。そして宣之は味噌汁を口にしたが、酒を飲まないため無事だった。

泉太郎は味噌汁を飲んだけれど、用事があって英国風パブには行かなかった。だけど翌日に自宅でビールを飲んだ際に体調不良を起こしている。

キャンプを終えた週明けの火曜、悟は澄佳の家で交際記念日を祝った。そこで赤ワインを飲んだ際、中毒症状で救急搬送される。つまりこの時点で、体内にヒトヨタケの成分が残っていたことになる。

だが悟は土曜夕方、英国風パブで酒を飲んでいることになっていた。本来であればこの時点で中毒症状を起こして倒れているはずなのだ。だけど悟に異変はなかった。

この事実から、悟が土曜にアルコール摂取をしていないことが証明できるのだ。酒を飲んでいない証明など不可能だと思っていた。だけど麻野は入手した情報から推理を重ね、食に関する豊富な知識を元に真実にたどり着いたのだ。

「ヒトヨタケについて知っていたのは偶然です。以前、久我《くが》英壱《えいいち》さんという山に詳しい方と親しくさせてもらった際にご教示いただいたんです」

ヒトヨタケについて教えてもらったときに、麻野がそう説明していた。久我という人物について話すとき、理恵も懐かしそうな表情を浮かべていた。きっと二人の間にある思い出の一部分なのだろう。

ヒトヨタケについて伝えたことで、悟は観念して全てを話してくれた。そして深く頭を下げて謝罪をされ、今後について話し合いをすることになった。

悟は申し訳なさそうに、籐子への気持ちを断ち切れないと話した。正直に告げてもらえれば判断はつけやすくなる。澄佳は悟と別れることに決めた。その申し出を悟も拒否しなかった。

誤魔化され、嘘を吐かれたことは今でも怒っている。だけど最後に心の裡をさらけ出してくれたことには感謝している。

一方で宣之は激怒している様子だった。ヒトヨタケで中毒を起こしたことは反省していたが、悟の不倫は許せないようだ。それに友人である籐子の夫にも、裏切りの事実を隠すことが耐えられなかったらしい。籐子の夫に洗いざらい報告をしたらしく、現在は離婚問題に発展しているのだという。

また、妹の雪もかなり怒っているらしい。不倫を目撃したことを誤魔化され、嘘つき扱いされたのだ。悟の両親も腹を立てていると聞いている。

だけど悟と別れた以上、もう澄佳には関係のない話になった。

悟と籐子の関係が今後どうなるのか、知りたいとも思わない。

宣之も雪も大切な友人だった。だけど悟と縁が切れた以上、緩やかに疎遠になっていくのだろう。寂しいけれど、仕方のないことのように思える。

悟との将来を夢見ていたこともあった。かつての恋人との絆に敵わなかったけれど、二人で歩む未来もあったかもしれない。それを思うと心に痛みが走る。でもきっと時間が解決してくれるだろう。

隣に座る理恵に目を遣《や》る。美味しそうにスープを口に運びながら、カウンターの向こうで下拵えをする麻野を幸せそうに眺めている。

カウンターの奥のドアが開き、一人の制服姿の女の子が姿を現した。理恵によると店主の麻野の娘で、露という名前らしい。

店内で父親の作った朝ごはんを食べることが多いらしいのだけど、澄佳は見かけたことがなかった。理恵の推測によれば人見知りが激しいことや、不倫や浮気といった話ばかりしていたから避けていたのかもしれない、とのことだった。もしもそうだとしたら申し訳ないことをした。

「おはよう、理恵さん」

「露ちゃん、おはよう」

「おはよう、今日の朝ごはんはマッシュルームのけんちん汁だよ」

「わあ、今朝も美味しそうだね」

麻野父娘と理恵が挨拶を交わしている。澄佳と悟は別れてしまったけれど、理恵たちは幸せになってほしい。理恵の微笑みを見ながら心からそう願った。

スープ屋しずくの店内には、温かな空気が流れている。きっとこれからも多くの客が最高のスープに癒やされていくのだろう。スープを口に運ぶと旨みがじんわりと舌の上に広がり、胸にある鈍い痛みがわずかに和らいだ気がした。

《参考文献》

『オフィスのゴミは知っている　ビル清掃クルーが見た優良会社の元気の秘密』鈴木将夫著　日本教文社　二〇〇三年
『リアルでもオンラインでも選ばれて稼ぐ！お菓子・パン・料理教室のつくり方』まつおみかこ著　同文舘出版　二〇二二年
『お料理教室をはじめたい！　自分らしい教室の作り方がわかる本』成美堂出版編集部編　成美堂出版　二〇〇九年
『自宅ではじめるちいさな料理教室──料理、菓子、パン、紅茶』登石木綿子著　ソニー・マガジンズ　二〇〇八年
『わたしの料理教室のはじめかた。人気教室に学ぶ自宅でひらく料理教室オープンBOOK』「わたしの料理教室のはじめかた。」編集部著・編　毎日コミュニケーションズ　二〇一〇年
『はじめてなのに現地味　おうちタイごはん』味澤ペンシー著　主婦の友社　二〇二三年
『スペイン修道院の食卓　歴史とレシピ』スサエタ社編　五十嵐加奈子、丸山永恵訳　原書房　二〇一六年
『世界のスープ図鑑　独自の組み合わせが楽しいご当地レシピ317』佐藤政人著　誠文堂新光社　二〇一九年

本書は書き下ろしです。
この物語はフィクションです。作中に同一の名称があった場合でも、実在する人物、団体等とは一切関係ありません。

宝島社
文庫

スープ屋しずくの謎解き朝ごはん
お茶会の秘密と二人だけのクラムチャウダー
（すーぷやしずくのなぞときあさごはん
おちゃかいのひみつとふたりだけのくらむちゃうだー）

2024年12月18日　第1刷発行

著　者　友井 羊
発行人　関川 誠
発行所　株式会社 宝島社
〒102-8388　東京都千代田区一番町25番地
電話：営業 03(3234)4621／編集 03(3239)0599
https://tkj.jp
印刷・製本　中央精版印刷株式会社

Printed in Japan
ISBN 978-4-299-06236-9